クライブ・カッスラー、グラント・ブラックウッド

ヒマラヤの黄金人《ゴールデン・マン》を追え！ 上

ソフトバンク文庫

JN266676

THE KINGDOM (vol.I)

by Clive Cussler with Grant Blackwood

Japanese translation published by arrangement with
Peter Lampack Agency, Inc.
551 Fifth Avenue, Suite 1613, New York, NY10176-0187 USA
through Tuttle-Mori Agency, Inc., Tokyo

主要登場人物

サム・ファーゴ……………………トレジャーハンター。元〈国防総省国防高等研究計画局（DARPA)〉のエンジニア

レミ・ファーゴ……………………トレジャーハンター。サムの妻。人類学、歴史学者

チャールズ・キング………………アメリカの富豪

チーラン・スー……………………キングの秘書

ルイス・キング……………………キングの父親

ラッセル・キング…………………キングの息子

マージョリー・キング……………キングの娘

スタン・ダイデル…………………ボストン・カレッジ教授

アダラ・カールラミ………………カトマンズ大学教授

スシャント・ダレル………………カールラミの同僚

周《チヨウ》大佐……………………軍人

セルマ・ワンドラシュ……………ファーゴ財団調査チームのリーダー

ピーター・ジェフコート
ウェンディ・コーデン……………同調査チームのスタッフ

フランク・アルトン………………私立探偵

ルービン（ルーブ)・ヘイウッド……ＣＩＡ局員

プロローグ

忘れ去られた土地

百四十人いた〈哨兵〉のうち、残っているのは自分一人なのか？　ダカルの頭に恐ろしい考えが渦を巻いた。

八週間前、侵略者の主力が東から襲いかかり、驚愕のスピードと残忍な手口で彼の国を蹂躙《じゅうりん》した。丘陵地帯から騎兵と歩兵がなだれこんで、村々を跡形もなく破壊し、立ちふさがる者を殲滅《せんめつ》してのけた。

主力軍とともに選《え》りすぐりの精鋭部隊もやってきた。その使命はただひとつ。

聖なる〈テウラン〉のありかを突き止め、彼らの王の元へ届けること。〈哨兵〉の務めはその聖なる遺物を守ることだ。彼らは侵略者の動きを予測し、神聖な場所からひそかにこの遺物を運び出していた。

ダカルは馬の速度をゆるめて小道をはずれると、木々のすきまを通り、影になった小さな空き地で止まった。鞍《くら》から降りて自由にさせると、馬は近くの小川へ向かい、首を下げて水を飲んだ。ダカルは馬の後ろに歩み寄り、四角い収納箱と馬の尻をつないでいるひと続きの革ひもを調べた。いつもどおり荷物はしっかり固定されていた。

この箱は驚嘆の一語だ。おそろしく頑丈に造られていて、高いところから岩の上に落としたり、何かで繰り返し打ちつけても、わずかなひびさえ入らない。錠がたくさん隠されているうえ、決して開けることができないように巧妙な設計がなされている。

ダカルの所属する集団には十人の〈哨兵〉がいたが、この箱を開ける手段や能力を持つ者はおらず、中身が本物か偽物かを知る者もいなかった。その名誉――災いかもしれないが――を担《にな》うのは、ダカルただ一人。なぜ彼が選ばれたのか、その理由は本人にも明らかにされていない。しかし彼だけは、この聖なる箱に崇高なテウランが納まっていることを知っていた。うまくいけば、これを隠しておける安全な場所がまもなく見つかるだろう。

二カ月近く逃走を続けてきた。侵略者の襲来よりほんの数時間早く、仲間たちと都を脱出した。家屋と野原が炎上し、そこから立ちのぼる煙が後ろの空に充満するあいだに、彼らは二日間、馬を駆って南へ疾走した。三日目、〈哨兵〉は分散し、それぞれが前もって決められていた方角に向かった。大半は侵略者の進行方向から遠ざかったが、逆に近づく者もいた。あの勇敢な男たちはすでに息絶えたか、おとりの荷を捕獲した敵から、ダカルの運ぶ収納箱を見つける方法を教えろと要求され、苦しめられているだろう。事前の計画によって、彼らのなかにそれに答えられる者はいないのだが。

ダカルは命令どおり、朝日の昇る真東の方角へ進んでいた。六十一日間、ずっとこの方角を維持してきた。いまいるこの土地は、彼が育ってきた乾燥した山岳地帯とは大きく異なる。ここにも山はあるが、密林に覆われ、湖の点在する峡谷に隔てられている。おかげでずいぶん身を隠しやすいが、進む速度も鈍った。この地形は諸刃の剣だ。逃げるチャンスを得る間もなく、待ち伏せに長《た》けた敵に襲われる可能性もあった。

ここまで何度も間一髪で危機を逃れてきたが、すべては訓練の賜物《たまもの》だ。隠れているすぐそばを馬上の追っ手が通り過ぎていったことが五度、敵の騎馬隊と激戦を繰り広げたことが二度あった。数に劣り、疲れきってはいたが、敵を倒して死体と道具を埋め、馬たちを散り散りにさせた。

この三日は、目も耳も敵の気配を察知していない。土地の住民にもほとんど出くわさない。遭遇した数少ない者たちは、ほとんど彼に注意を払わなかった。顔立ちも背丈も彼らと似ているからだ。馬を駆ってこのまま進め、と本能は告げていた。追っ手との距離は、まだ充分とは――。

小川の向こう、五〇メートルくらい離れた森で、木の枝が折れる乾いた音がした。ほかの人間なら気にも留めないだろうが、ダカルには、密林を馬が押し分けてくる音とわかった。彼の馬も水を飲むのをやめ、頭を上げて、耳をピクピクさせている。

木々のなかの踏み分け道からまた音がした。馬のひづめが砂利をこする音だ。

ダカルは背中の鞘《さや》から弓を、矢筒から矢を抜き、膝くらいまである水草のなかに膝をついた。馬の脚で視界が一部遮られている。何かが動く気配がないか、馬の腹の下から目で探った。顔を右に向ける。木々のすきまからは狭い小道が見えるだけだ。目を凝《こ》らして、待ち受けた。

すると、またひづめの音がした。

ダカルは弓に矢をつがえ、弦《つる》をわずかに引いて、たるみを取った。

しばらくすると、道を進んでくる馬の姿が見えた。ゆっくり駆けてくる。その足が止まった。ダカルに見えるのは、乗り手の脚と、鞍頭に置かれた黒い手袋と、軽く握られた手綱だけだ。その手が動いて、わずかに手綱を引いた。馬がヒンと鳴いて、ひづめを踏み鳴らした。

計画的な動きだ。ダカルは瞬時に見抜いた。注意をそらすための。

襲撃者は森の側面からやってくる。

ダカルは弓をいっぱいに引いて狙いを定め、矢を放った。矢じりの先が男の脚を貫いた。太股の上部と腰の継ぎ目あたりだ。男は叫び声をあげて、手で脚をつかみ、馬上から転げ落ちた。ダカルは本能的に、自分の狙いどおりだったと知った。矢は大腿動脈を穿《うが》っていた。男の戦闘能力は失われた。何分かで命も尽きるだろう。

　ダカルはしゃがんだまま、踵《かかと》でくるりと向きを変え、矢筒からさらに三本の矢を抜いた。そばの地面に二本を差し、一本をつがえる。一〇メートルくらい先に襲撃者が三人いた。剣を抜いて、草むらのなかを、彼のほうへ忍び寄ってくる。

　ダカルは進んでくる人影に狙いを定め、矢を放った。標的が倒れた。矢継ぎ早に残る二本を放つと、一本はまともに胸をとらえ、次のは喉をとらえた。四人目の戦士が雄たけびをあげ、低林の陰から突進してきた。馬が小川の端にたどり着く寸前、ダカルの矢が男を仕留めた。

　森がしんと静まり返る。

　五人だけか？　これまで、敵が送りこんできたのが十人以下だったことはない。

とまどいに答えるかのように、後ろの道から複数のひづめの音がした。ダカルがさっと体を回すと、馬が列をなし、倒れた仲間のそばを疾走してきた。三頭……四頭……七頭……十頭、まだ来る。これでは分が悪すぎる。ダカルは馬に飛び乗り、矢をつがえて、鞍上で体を回した。先頭の馬が木々のすきまを猛然と空き地へ通り抜けてきた。ダカルが矢を放つ。乗り手の右目にずぶりと突き刺さった。その勢いで男が後ろに吹き飛ぶ——鞍を越え、馬の尻へ、次の乗り手へと。二番目の馬が後ろ足で立ち上がって後ずさったおかげで、進路が狭まった。馬たちがぶつかりはじめる。突撃が失速した。

　ダカルは馬の横腹を踵で蹴った。川岸を飛び越え、水中に飛びこむ。馬の頭を回して、踵を打ちつけ、川下へ突進した。


　偶然遭遇したわけではない。ダカルにはわかった。追っ手はしばらくこっそりあとを尾《つ》けてきて、包囲に成功したのだ。

　馬が浅瀬に跳ね上げる水の音のはざまから、音が聞こえてきた。騎兵たちが右手の森を突き破ってきた。左の砂利道からもひづめの音が聞こえる。

　小川は前方で右に曲がっていた。そこで草木が密集して、土手にぐっと押し寄せている。太陽の光が覆い隠され、黄昏のなかに置き去りにされた心地がした。叫び声があがり、ダカルは肩越しにさっと振り返った。四人が馬で追ってきた。右を見ると、自分のたどっている道筋と平行に、馬の暗い輪郭が木々を出ては入っている。おれを追い立てようとしているのだ。しかし、どこへ?

数秒後、とつぜん木々が分かれて水草が広がるところへ出たとき、その答えは出た。小川の幅が四倍くらいに広がっていた。水の色から深さが増したのもわかった。思わず馬の方向を左に変え、砂の土手へ向かった。まっすぐ前方の木々の境界から、五人の騎兵が一列で飛び出してきた。うち二人は低い姿勢で、体の前に矛《ほこ》を水平に保持し、残りの三人は体をまっすぐ立てて弓を引いていた。ダカルは馬の首に体を重ねて手綱を右にぐいっと引き、水中へ戻った。反対側の岸で、木々のなかからまた別の騎兵の列が出現した。こっちも矛と弓で武装している。さらに、この包囲を完成させるべく、真後ろからこれまた騎兵の列が小川を疾走してきた。

きっかけの合図が出たかのように、三つの集団すべてが馬の足をゆるめて停止した。矛を構え、弓に矢をつがえたまま、彼を見つめている。

なぜ追ってこない? ダカルはいぶかった。

そのとき、聞こえた。耳を聾《ろう》する激しい水音が。

滝だ。

進退窮まった。どこにも逃げられない。

手綱を引いて、馬の歩みにまかせると、川の曲がり目に出た。ダカルはそこで止まった。水が深くなり、流れも速くなっている。五〇メートルくらい前方で、水面から水煙がうねるように立ちのぼっていた。瀑布の縁にある岩に川の水が勢いよく激突しているのだ。

ダカルは鞍上で体を回した。

一人を除いて、追っ手に動きはない。鎧《よろい》から、その一人は隊長だとわかった。男は五メートルほど離れたところで止まり、両手を肩まで持ち上げた。武器を持っていないことを示したのだ。

男が何事か叫んだ。ダカルには理解できない言葉だったが、その口調から何を言いたいかは明らかだった。懐柔しようというのだ。きっと、もうおしまいだ、とでも言っているのだろう。おまえはよく戦った、自分の務めを果たした。降参すれば、しかるべき処遇を授けよう。

嘘だ。拷問を受け、最後に殺されるに決まっている。ここであきらめて、〈テウラン〉が忌まわしい敵の手に落ちるのをむざむざ目にするわけにはいかない。

ダカルは馬を回転させ、追っ手たちと向きあった。背中から仰々しいくらいゆっくり弓を抜いて、川に投げ捨てた。矢筒にも同じことをし、さらに長刀と短刀が続いた。そして最後に、帯のなかの短剣《ダガー》を捨てた。

敵の首領はダカルに敬意のうなずきをひとつ送り、鞍上で体を回して、部下たちに何事か叫んだ。騎兵たちが一人また一人とゆっくり矛を立て、弓を鞘に収めていく。首領がダカルのほうに向き直り、片手を上げて、前に来るよう身ぶりで指示をした。

ダカルは微笑を浮かべて、首を横に振った。

手綱をぐっと右へ引き、馬に鞭《むち》をくれて、横腹に勢いよく踵を打ちつける。馬は後ろ立ちになって、脚を折り曲げ、深い滝壺の上に立ちのぼる水煙に向かって駆けだした。

一六七七年、清朝期の中国、西蔵《シーツアン》、辺境の荒地

東の地平線上に砂塵《さじん》の雲があることに気がついたのは、ジュゼッペのほうが先

だった。狭い峡谷の壁に挟まれた場所を、土埃《つちぼこり》と砂が渦を巻く幅一キロ以上の茶色い壁が、まっすぐ彼らのほうへ向かっていた。

ジュゼッペはその光景にじっと目をそそいだまま、兄の肩を軽くたたいた。イタリア・ロンバルディア地方ブレシア出身のフランチェスコ・ラナ・デ・テルツィは、膝をついて見取り図の束を調べていたが、体を回してジュゼッペの指差す方向を見た。

若いほうのラナ・デ・テルツィが不安げにささやいた。「嵐か?」

「のようなものだ」と、フランチェスコは答えた。「しかし、おまえの考えている種類のものではない」

あの砂塵の雲の後ろにあるのは、彼らがこの半年で慣らされてきた、風に鞭打たれて起こる砂嵐ではない。地面をたたきつける、何百頭もの馬のひづめだ。その馬上には、危険きわまりない選り抜きの兵士が何百人といる。

フランチェスコはジュゼッペを勇気づけるように肩をポンとたたいた。「心配するな、弟よ、彼らが来るのはわかっていた。正直、こんなに早いとは思わなかったが」

「あいつか？」ジュゼッペがしわがれ声で言った。「あいつが来るのか？　そんな話、してなかったじゃないか」

「縮み上がらせるのもどうかと思ってな。心配するな。まだ時間はある」

フランチェスコは指を伸ばした手を持ち上げて日射しから目をかばい、近づいてくる雲をつぶさに観察した。ここでは目測を誤りがちであることを彼は学習していた。清国は広大で、地平線のはるか向こうまで広がっている。この国で過ごした二年間で、フランチェスコとジュゼッペは密林から森や砂漠まで、さまざまな原生地域を目にしてきたが、いまいるこの土地は、神に見捨てられたきわめつきの荒野だ。地名にも発音と綴《つづ》りが十通り以上あるらしい。

このあたりはおおむね丘で構成されている。起伏に富んだ丘もあれば、ギザギザの丘もある。茶色と灰色の二色だけで描かれた、広大なキャンバスだ。谷の一帯を勢いよく流れる川の水までが鈍い灰色をしている。まるで神様が強大な腕をひと振りして、この土地に呪いをかけたかのように。雲が切れる日中の驚くほど青い空も、この灰色の風景をさらに際立たせるだけのような気がした。

それと、あの風もある。フランチェスコは思い出して、身震いした。岩の間をヒューヒュー吹き抜けるいつ果てるとも知れない風は、すさまじい活力に満ちていて、現地の人々がよくその現象を、自分たちの魂《たましい》をさらっていく幽霊と考えるほどだ。本質的に科学者であり、科学の教育を受けてきたフランチェスコだから、半年前まで、そのような迷信は歯牙にもかけなかった。いまはそれほど自信がない。夜間にあまりにたくさんの不思議な音を耳にしてきたからだ。

あと何日かで必要な資金が手に入るのだ。そう考えて、彼は自分を慰めた。しかし、単なる時間の問題ではないのではないか？　悪魔と契約を結ぶことになる。より大きな善のためにそうしたことを、〝審判の日〟に神様が思い出してくれますように、と彼は願った。

近づいてくる土埃の壁をまたしばらく観察したあと、彼は手を下ろしてジュゼッペのほうを向いた。「まだ三〇キロ以上離れている」彼は推定した。「少なくとも、あと一時間はある。さあ、ケリをつけてこよう」

フランチェスコはぐるりと体を回して、男たちの一人に大声で呼びかけた。雑な編みかたをした黒いチュニックとズボンという服装に、ずんぐりした力強そうな体つき。フランチェスコの第一連絡係で通訳も務めているハオが、ゆっくりと彼に駆け寄った。

「お呼びですか、上官！」訛《なま》りはきついが、まずまずのイタリア語でハオが言った。

フランチェスコはため息をついた。ハオに自分をファーストネームで呼ばせる努力はとうの昔にあきらめていたが、せめて堅苦しい挨拶くらいはそろそろやめてもらいたい。

「みんなに、いますぐ作業をやめるよう伝えてくれ。まもなく客人が来る」

ハオは地平線に視線を投げ、すこし前にジュゼッペが指差したものを見た。その目が大きく見開いた。彼は短くうなずき、「すぐ終了します、上官！」と言うと、きびすを返し、空き地で作業をしている数十人の現地人に命令を吠《ほ》えた。それから急いで駆けていき、男たちに合流した。

一〇〇メートル四方くらいのその空き地は、じつはゴンパと呼ばれる仏教僧院の、中庭を兼ねた屋上だった。空き地の四方に、砲塔をそなえた壁と見張り塔があり、建物はトカゲの背骨のように丘の稜線から谷へ向かっている。

ゴンパは元々、防備を固めた教育施設だったとフランチェスコは聞いていたが、この要塞の住民はたったひとつの仕事しか営んでいないようだ。つまり、軍人としての務めしか。その点はありがたく思っていた。下の平野でたびたび起こる襲撃と小競り合いからも明らかなように、彼と部下たちが過ごしているのは国境の最前線だ。あの機械——彼らの支援者が〈偉龍〉と名づけた代物——を完成させるために自分たちがここへ運ばれてきたのは、決して偶然ではない。

いま空き地では、ハオの配下の労働者が最後の杭《くい》を急いで岩地に打ちこんでいて、木槌が木を打つ音が重なりあうように反響していた。空き地全体から茶色い土埃が渦を巻いてもうもうと宙に舞い、風に吹きさらわれてただ消えていく。さらに十分経つと、木槌の音が静かになった。フランチェスコとジュゼッペが立っているところに、ハオが急いで戻ってきた。

「終わりました、上官」

フランチェスコは二、三歩後ろに下がり、この構築物に改めて感じ入った。満足だった。同じ見るのでも、机上の設計図と命を吹きこまれた現物には大きな違いがある。

このテントのような構築物は高さ一二メートル。空き地の四分の三を占めていた。雪のように真っ白な絹で構築され、外側の曲がった竹の筋交いは血のような赤色に染まっている。雲でできた城、といった趣だ。

「よくやった」と、フランチェスコがハオをねぎらった。「どうだ、ジュゼッペ?」

「すばらしい」若いほうのラナ・デ・テルツィがつぶやく。

フランチェスコはうなずいて、ゆっくり言った。「よし。さあて、中身がこれ以上に壮観だといいな」


鷹のように目ざといゴンパの見張り人たちはジュゼッペより先に訪問者の接近に気づいていたにちがいないが、あと何分かで随行団がたどり着くというところまで警告の笛は鳴らなかった。騎兵たちの近づいてくる方角や早めの到着と同じく、これも戦術的判断なのだろう、とフランチェスコは推測した。敵の前哨部隊の大半はこの西にいる。東から近づけば、彼らのたてる土埃の雲もゴンパが鎮座する丘に隠れて目立たない。あたりをうろつく待ち伏せ部隊にも、新たに到着した一団を迎え撃つ時間はない。支援者のことを熟知しているフランチェスコは、彼らは遠くからこっそりゴンパを観察し、風向きが変わって敵の偵察隊が移動するところを見計らっていたのではないか、と推測した。

われわれの支援者はずる賢い男だ、とフランチェスコは自分に言い聞かせた。ずる賢く、危険な男だ。

それから十分とたたず、空き地の下にある渦巻形の砂利道に、革の装甲靴ががたてるザクザクという音が聞こえてきた。土埃が渦を巻いて、岩に縁取られた空き地の境界に立ちのぼる。ふいに静寂が下りた。フランチェスコは予期していたが、それでも、次に来たものを見てギョッとした。

目に見えない人物の口から大声で命令が吐き出されると、二十人以上で構成された〈国土防衛軍〉の選りすぐりの集団が駆け足で空き地へ突入し、短く刻まれる足音の一歩ごとにリズミカルなうなり声が挟まれた。いかめしい顔で地平線に目をそそぎ、体の前に矛を水平に保持した衛兵が、空き地全体に広がって、畏怖の念に打たれた作業員たちをテントの奥の見えないところに追いやりはじめた。それがすむと、彼らは一定の間隔で空き地周辺の持ち場につき、外を向いて、矛を斜めに構えた。

下の道からまた大声で命令が発せられ、装甲靴が砂利をザクザク踏みしめる音が続いた。赤と黒の竹製の鎧をまとった国王随行団が菱形の隊形を組んで行進し、空き地に入って、フランチェスコとジュゼッペのところへまっすぐ向かってきた。密集隊形がぴたりと止まり、前面の兵士たちが左右に足を踏み出して〝人の門〟を開くと、なかから一人の男が大股で進み出た。

清朝の支配者、天命の摂政こと康熙帝《カンスー》だ。いちばん背の高い兵士たちより、さらに手三つ分くらい背が高い。兵士たちのいかめしい顔がこのうえなく嬉しげに見えるくらい、冷徹な表情を浮かべている。

康熙帝は大きく三歩、フランチェスコのほうへ進み出て、そこで止まった。細めた目で何秒かイタリア人の顔をつくづく見て、そのあと口を開いた。フランチェスコはハオを呼んで通訳させようとしたが、ハオはすでにかたわらにいて耳元にささやいていた。「〝朕《ちん》を見て驚いているか？〟と、帝はおっしゃっています」

「驚いておりますが、それでもやはり嬉しく存じます、陛下」

いまのがなんの気なしに投げられた質問でないのは、フランチェスコも承知していた。康熙帝には極度に神経過敏なところがある。フランチェスコが帝の早い到着にそれなりの驚いた様子を見せなかったら、たちまち間諜の嫌疑がかかっただろう。

「朕の前に見える、この構築物は何か？」と、康熙帝はたずねた。

「テントでございます、陛下。わたくしが独自に設計いたしました。〈偉龍〉そのものを守るだけでなく、詮索の目も欺《あざむ》くことが可能です」

康熙帝は短くうなずいた。「秘書官に計画を提出せよ」彼は指先を持ち上げるしぐさで、秘書官に前に進み出るよう命じた。

フランチェスコは「仰せのままに、陛下」と答えた。

「朕の供与した奴隷たちは、しかるべき職務を果したか？」

帝の質問にフランチェスコは内心たじろいだが、口には出さなかった。この半年間、彼とジュゼッペは困難な状況にさらされながら、この男たちと共に働き、暮らしてきた。彼らはいまでは友人だ。しかし、その事実を告白はしなかった。そういう情緒的な愛着を、帝はためらいなく利用する。

「彼らは立派に職務を果たしてまいりました、陛下。しかし、悲しいことに、先週、四人が命を落とし――」

「それは世のならいである。生あるものは死ぬ。自分の仕える王に使われて命を落とした者を、彼らの祖先は誇らしく迎えるであろう」

「現場監督であり通訳でもあるハオは、とりわけ貴重な働きをしてくれました」

康熙帝はハオを一瞥《いちべつ》し、それからフランチェスコに目を戻した。「この男の家族を監獄から釈放しよう」と言って、帝は肩の上に指を持ち上げた。秘書官が腕で支えた羊皮紙に覚え書きを記す。

フランチェスコは心を鎮《しず》めるように深く息を吸いこんで、微笑を浮かべた。

「ご厚情に感謝いたします、陛下」

「答えよ。〈偉龍〉の準備は、いつととのう?」

「あと二日いただければ――」

「明日の夜明け前にはととのえよ」

康熙帝がそう命じて、くるりときびすを返し、大股で方陣のなかに戻ると、門が閉じて方陣がいっせいに回れ右をし、空き地から行進を開始した。その直後に、空き地の周縁を取り囲んでいた〈国土防衛軍〉の兵たちが続く。ドシンドシンという足音とリズミカルなうなり声が徐々に小さくなって消えていくと、ジュゼッペが言った。「気でも狂ったのか？　明日の夜明けまでになんて。いったい、どうすりゃ――」

「どうやって？」

「われわれにはできる」と、フランチェスコが答えた。「余裕を持って」

「このあと残っている作業は、ほんの二、三時間分だ。帝に二日と言ったのは、可能とは思えない命令を押しつけてくるのがわかっていたからだ。だから、彼の要求には応じられる」

ジュゼッペが微笑んだ。「抜け目がないな、兄さんは。さすがだよ」

「さあ、この〈偉龍〉に最後の仕上げをほどこそう」


竿に取り付けた松明《たいまつ》の光に照らされ、テントの入口のそばでチュニックを着て腕組みをしている帝の秘書官の注意深い監視を受けながら、彼らは、どんなときでも頼りになる現場監督のハオとともに徹夜で作業にあたった。ハオは自分の役目をしっかり心得、男たちに、「急げ、急げ、急げ」と檄《げき》を飛ばしていた。フランチェスコとジュゼッペもそれぞれに役割を心得、テントのなかを歩きまわっては質問を投げ、あちこちで体をかがめてあれやこれやを点検していった……。

雄牛の腱でできた張り綱《ガイライン》をほどいて結びなおし、張りぐあいを確認する。竹の支材と筋交いを木槌で叩いて、ひび割れがないか確かめる。絹はとりわけ念入りに点検した。ほんのわずかでも不完全なところがあってはならない。籐《ラタン》で編まれた下部構造は、鋭く研いだ棒で模擬攻撃をして、実戦に耐えられるかどうかの評価がくだされた（まだ充分でないと判断したフランチェスコは、壁と防壁に黒いラッカーをもうひと塗り重ねるよう命じた）。そして最後に、ジュゼッペの雇った画家が船首の壁画の仕上げをした。龍の鼻先にあたる部分だ。そこにはビーズのような目や、むきだしの牙や、二股に分かれて突き出した舌が描かれている。

東の丘に昇ってきた太陽が見えはじめると、フランチェスコはすべての作業を急いで仕上げるよう命じた。作業が終了すると、彼は船首から船尾へゆっくり機械をひと巡りした。両手を腰に当てて、首をあちこち傾け、船のあらゆる表面とあらゆる外観を念入りに調べ、ほんのわずかな傷でもないか調べ尽くした。何ひとつない。彼は船首に戻り、帝の秘書官にきっぱりとうなずきを送った。

秘書官はテントの垂れ蓋をくぐって姿を消した。

一時間後、いままでは聞きなれた、帝の臣下たちのドシンドシンという足音とうなり声がやってきた。その音が空き地に充満したと思われた次の瞬間、すっと静寂が下りた。康熙帝が灰色の絹でできた素朴なチュニックに身を包んでテントの入口をくぐり、秘書官と護衛長がそのあとに続いた。

帝の足が止まった。目を大きく見開いている。

康熙帝を知って二年になるが、この君主が驚くところをフランチェスコが見るのは初めてのことだった。

白い絹の壁と屋根から桃色がかった橙色の日光が流れこみ、テントの内部はこの世のものとは思えない光輝に満ちていた。ふだんは単なる土の地面であるところに漆黒の絨毯《じゅうたん》が敷かれ、参列者たちは断崖絶壁の縁に立たされているかのような心地に見舞われた。

フランチェスコ・ラナ・デ・テルツィは科学者だが、彼のなかにも多少の演出家がいたのだ。

康熙帝が前に進み出た。黒い絨毯の端に足が触れたとき、彼は無意識にためらったが、そのあとは大股で船首に歩み寄り、そこで龍の顔を凝視した。顔がほころぶ。

これまたフランチェスコが初めて見る光景だった。独特の厳格な表情を浮かべていない康熙帝を見たことは一度もなかったのだ。

康熙帝がくるりと体を回して、フランチェスコと向きあった。「すばらしい！」と、ハオが通訳する。「龍を解き放て！」

「仰せのままに、陛下」

外に出ると、フランチェスコの部下たちはテント周辺の持ち場についた。フランチェスコの命令一下、テントの張り綱が切り落とされた。彼の思惑どおり、上の縁に重みのかかった絹の壁は、すとんとまっすぐ落下した。と同時に、テントの奥の側で十二人の男がテントの屋根部分を後ろへ引く。屋根はいったん持ち上がって、大きな帆のようにふわっとふくらみ、そのあと引き下ろされて見えなくなった。

砲塔をそなえたゴンパの壁と窓から細いうなりをあげて通り抜けてくる風の音だけを残し、すべてが静まり返った。

空き地の中央には、康熙帝の空飛ぶ機械〈偉龍〉だけが立っていた。フランチェスコはこの名前には頓着しなかった。支援者が満足すればそれでいい。科学者のフランチェスコにとって、この機械は自分の夢の試作品にすぎない。空気より軽い、真の〈真空飛行船〉という夢の。

全長一五メートル、幅三・六メートル、高さ九メートルの上部構造は、ぶあつい絹が織り成す四つの球皮（熱気球の風船部分）でできていた。内側には、指くらいの細い竹の筋交いと動物の腱で編まれたかごが入っている。船首から船尾まで続く球体はそれぞれ直径三・六メートル。下腹の部分に弁口《バルブポート》がついている。弁口はすべて銅でできた垂直のストーブ煙突とつながっていて、煙突は、竹と腱でできた格子状の枠に包まれている。弁口から煙突は一・二メートル下の薄い竹の板に向かい、その板には風除けのついた木炭火鉢が取り付けられていた。最後に、上の四つの球皮には、黒いラッカーを塗った籐のゴンドラが動物の腱で取り付けられていた。十人の兵士が縦一列で乗れるだけの長さがあり、操縦士と進路誘導員だけでなく、補給品や道具や武器も搭載されていた。

康熙帝が一人で大きく前に進み出た。球皮の下に立ち、龍の口と向きあう。両手を持ち上げて、頭の上に置いた。まるで自分の創り出した芸術作品をじっくりながめているかのようだ、とフランチェスコは思った。

自分のしたことの重大さに彼が気づいたのは、この瞬間だった。悲しみと恥ずかしさが波のように押し寄せてきた。やはり、わたしは悪魔と契約を交わしたのだ。この残忍な君主は、わたしの〈偉龍〉で――兵士と一般市民の区別なく――ほかの民族を葬り去ろうとしている。

火薬《フオヤオ》という物質――ヨーロッパも使いだし、ようやくぽつぽつ成功を収めはじめているが、中国ははるか昔から使いこなしてきた。康熙帝はあの火薬で武装している。火縄銃や爆弾や砲火を吐き出す仕掛けを用い、空から敵に猛爆を仕掛けることができる。敵の手の届かない空を、どんな駿馬より速く移動し、一切合財を破壊してのけるだろう。

この事実に気づくのが遅すぎた。フランチェスコは強い自責の念に駆られた。もう死の機械は康熙帝の手に落ちた。その事実を変えることはできない。真の

〈真空飛行船〉の製造に成功すれば、来るべき災いの埋め合わせになるかもしれない。しかし、もちろん〝審判の日〟が来るまで、フランチェスコがその結果を知ることはない。

フランチェスコは康熙帝が自分の前に立っているのに気がついて、夢想から揺り起こされた。「朕は満足である」と、帝は彼に告げた。「これをさらに大量に量産する方法を将軍たちに伝授するならば、そなたが自身の夢を追うために必要なものは、すべて手に入るであろう」

「陛下」

「飛ばす準備はできているのか？」

「ご命令がありますれば」

「命令は出す。しかし、その前にひとつ変更がある。予定どおり、ラナ・デ・テルツィ大師よ、試験飛行ではそなたに〈偉龍〉を操ってもらう。ただし、そなたの弟にはわれらとともに、ここに残ってもらうことにした」

「なんとおっしゃいました、陛下。なにゆえに？」

「むろん、そなたがまちがいなく戻ってくるようにだ。〈偉龍〉を敵の手に渡したい誘惑に駆られたとき、その誘惑からそなたを救うためでもある」

「陛下、決してそのようなことは——」

「こうすることで、そのような裏切りはないと、われらは確信できるであろう」

「陛下、ジュゼッペはわたしの副操縦士であり、進路誘導員でもあります。わたしには彼が必要で——」

「朕にはいたるところに目と耳がある、ラナ・デ・テルツィ大師。そなたが大いに称賛している現場監督のハオは、そなたの弟に劣らぬ訓練を受けた男だ。ハオをそなたの供につけて進ぜよう——わが〈国土防衛軍〉の六人とともに。そなたに支援が……必要ならば」

「異議を申し立てねばなりません、陛下——」

「それはならぬ、ラナ・デ・テルツィ大師」と、康熙帝は冷たく答えた。その警告するところは明らかだった。

フランチェスコは気を落ち着かせるように、息を吸って吐いた。「この試験飛行で、どこへ赴けばよろしいのでしょう?」

「南の山々が見えるか? 天に届きそうな、大きな山々が?」

「はい」

「あそこへ行ってもらう」

「陛下、あそこは敵の領土です！」

「戦《いくさ》の兵器を試すのに、あれに勝る場所はあるまい？」フランチェスコは抗議のために口を開きかけたが、康熙帝が話を続けた。「ふもとの丘を水の流れにそって進むと、黄金の花がある。朕の言う花は、ハオがよく知っている。その花を、しおれる前に朕の元へ持ち帰れば、褒美を授けよう」

「陛下、あの山々は」六五キロ離れている、とフランチェスコは心のなかで言った。ひょっとしたら八〇キロかもしれない。「処女飛行には遠すぎます。もしや――」

「その花を、しおれる前に朕の元へ持ち帰るのだ。さもないと、弟の頭《こうべ》を矛に掲げることになる。わかったか？」

「わかりました」

フランチェスコは弟を振り返った。ジュゼッペはいまのやりとりを全部耳にして、顔面蒼白になっていた。あごがわなわな震えている。「兄さん、おれは……」

怖い」

「おびえる必要はない。あっという間に戻ってくる」

ジュゼッペは息を吸いこむと、歯を食いしばって肩を怒らせた。「ああ。兄さんの言うとおりだ。それはわかっている。あの仕掛けは驚くべき発明だ。兄さん以上にあれをうまく操れる人間はいない。うまくいけば、今夜、夕餉《ゆうげ》をともにできるだろう」

「そうこなくては」と、フランチェスコが言った。

二人でしばらく抱き締めあったあと、フランチェスコが体を引き離した。そしてハオのほうを向き、「火鉢の火を掻《か》き立てるよう命じろ。十分後に離陸する！」と告げた。

1

インドネシア、スマトラ、スンダ海峡
現在

サム・ファーゴはスロットルをそっと引き戻し、エンジンをアイドリングの状態にした。高速モーターボートの速度が落ち、すーっと停止する。エンジンを切ると、ボートはゆっくり横揺れを始めた。

船首の四、五〇〇メートル先の水面から、目的地が立ち上がっていた。森林に厚く覆われた島の内陸は、鋭い山頂と切り立った峡谷と濃密な熱帯雨林に支配さ

れている。その下の海岸線には、ポケットのような断崖のくぼみや狭い入り江が何百も、ぽつぽつと点在していた。

レミ・ファーゴがボートの後部座席で、読んでいた本から目を上げた。『アステカの絵文書：征服と大虐殺の口述歴史』という、現実を忘れさせるタイプの読み物だ。彼女はサングラスを額に押し上げて、夫を見つめた。「何かあった？」

サムが振り向いて、妻に称賛のまなざしをそそいだ。「美しい眺めを楽しんでるだけさ」と彼は言い、大げさに眉毛を動かしてみせた。

レミが微笑んだ。「口が上手《うま》いんだから」彼女は本を閉じて、隣の席に置いた。「でも、私立探偵マグナム、いまのは嘘ね」

サムが本をあごで示した。「どうだい、それは？」

「なかなか読み進まないけど、アステカ族は魅力的な民族だったわ」

「誰にも想像がつかなかったくらい。で、いつ読みおわるんだ？　ぼくの読書リストの次に載っているんだ」

「明日か、明後日ね」

このところ、ふたりとも、げんなりするくらい大量の宿題を背負いこんでいた。

いま向かっている島が、おもな原因だ。本来なら、スマトラ島とジャワ島の間に位置するあの小さな陸地は熱帯地域の玄関口なのかもしれないが、ここ数カ月は考古学者と歴史学者と人類学者、そしてもちろんインドネシア政府の過剰な数の役人がひしめく、発掘現場と化していた。彼らと同じように、サムとレミもこの島を訪れるたび、発見物を保存しようとする人々の重みで地面がくずれ落ちないよう土木技術者たちが現場にかけた、何重ものロープを乗り越えなければならない。

ルグンディ島でサムとレミが発見したものは、メキシコのアステカ族とアメリカ南北戦争の歴史を書き換えようとしていた。ふたりはこのプロジェクトだけでなく、もうふたつ、プロジェクトのディレクターを引き受けるはめになり、新たに入ってくる山のような情報をしっかり把握していく必要があった。

報酬の見返りがあるわけではない。いわゆる篤志《とくし》事業だ。彼らは財宝探し《トレジャーハンティング》に情熱をそそいでいる。直感と調査の両方を土台に、みずから現場の作業にいそしまなければならない。この趣味に至るまでには、ふたりとも科学的な背景があった。サムはカリフォルニア工科大学で教育を受けたエンジニアで、レミはボストン・カレッジで人類学と歴史学を専攻した。

サムの歩んできた道は、かなり家系に寄り添うものだった。父親はもうこの世にいないが、NASAの宇宙計画で主導的な役割を果たしたエンジニアだった。現在七十一歳の母親ユーニスはキーウェストで暮らしているが、シュノーケリングと深海フィッシングのボートを所有し、チャーター・ボート会社の経営者と船長と下働き主任を兼任している。レミの父親は特別注文で家を設計するカスタム建築士。母親は小児科医で、本も書いていた。二人とも引退して、いまはメイン州で暮らしている。悠々自適で、リヤマを育てている。

サムとレミはロサンジェルスのハーモサ・ビーチにある〈ライトハウス〉というジャズ・クラブで出会った。サムが冷えたビールを求めてぶらりと立ち寄ると、アバロン・コーヴ沖に沈んだスペイン船の行方を二、三週間かけて追ったあと打ち上げに来ていたレミと大学の同僚数名がいた。

ふたりとも、出会った瞬間恋に落ちたというおめでたい記憶はないが、恋の火花が散ったのは否定できないらしい。飲みながら話に花を咲かせて笑いあううち、気がつくと何時間も過ぎて、〈ライトハウス〉は閉店時間をむかえていた。六カ月後、ふたりは同じ店で小さな式を挙げて結婚した。

レミの励ましを得て、サムは以前から温めていたアイデアを追求した。遠くにある合金を、土中・水中関係なく探知して識別するアルゴン・レーザー・スキャナーだ。トレジャーハンターと大学と企業と採鉱会社と国防総省がこの発明の使用許諾を求めて小切手帳を開き、ファーゴ・グループは二年たらずで七桁の利益を計上した。四年後、ふたりは買収の申し出を受け入れ、一生楽に暮らせるだけの、文字どおりの大金持ちになった。しかし、そこでふんぞり返らず、一カ月休暇を取ったのちにファーゴ財団を設立し、ふたりで初めての財宝探《トレジャー・ハンティング》しに出発した。そこから得た富は、数多くの慈善活動に投入されている。

いま、ファーゴ夫妻は目の前の島を無言で見つめていた。レミがつぶやいた。

「解明の道のりはまだ長そうね」

「たしかに」と、サムが同意した。

どれだけ教育や経験を積んでいても、ふたりがルグンディ島で発見したものに取り組むには足りなかっただろう。タンザニア共和国ザンジバルのチュンベ島で船の号鐘を偶然見つけたのをきっかけに、彼らは大勢の考古学者と歴史学者と人類学者の関心を引き寄せる数々の発見に成功したのだ（シリーズ第2作『アステカの秘密を暴け！』参照）。

　警笛が二度鳴らされて、サムは夢想から揺り起こされた。左を見ると一キロほど離れたところから、全長一〇メートル強の船がまっすぐ彼らのほうへ向かっていた。スマトラ湾岸警備隊のものだ。

「サム、レンタル・ボート店でガソリン代払ってくるのを忘れた？」レミが顔をしかめてたずねた。

「いや。その辺でつかまされた偽ルピア紙幣は使ったかもしれないが」

「それかもよ」

　見守るうちに、船は五〇〇メートルくらいまで近づいて、まず右へ、そのあと三日月を描くように左へ回り、彼らの三〇メートルくらい横に来た。拡声器を使ってインドネシア語訛りの英語が呼びかけた。「おーい。サムとレミのファーゴ夫妻ですか？」

　サムは腕を持ち上げて、そのとおりと示した。

「そのままお待ちください。お客さんをお連れしました」

　サムとレミはとまどいの表情で顔を見合わせた。誰かがやってくる予定などなかったからだ。

湾岸警備隊の船はサムたちの周囲を一度ぐるりと回り、距離を縮めて、最後に左舷の真横から一メートルまで近づいた。エンジンの回転が徐々にアイドリングに近くなり、最後に静かになった。

「少なくとも、彼らは友好的みたいだ」と、サムが妻につぶやいた。

前回、ふたりはタンザニア共和国のザンジバルで沿岸警備隊の船に接近を受けた。そのときは、一二・七ミリ砲を装備した小型砲艦《ガンボート》にＡＫ－47を携えた険しい顔の船員たちが乗り組んでいた。

「いまのところは」と、レミが返した。

船の後部甲板に青い制服を着た警察官が二人いて、そのあいだに四十歳くらいに見える小柄なアジア系の女性が立っていた。ほっそりと骨張った顔に、クルーカットに近い短い髪。

「乗船の許可をいただけますか?」と、女がたずねた。申し分のない英語だが、ほんのわずかに訛りがあった。

サムは肩をすくめた。「許可します」

ボートへ渡るのに手を貸そうとするかのように、二人の警官が前に進み出たが、女は彼らにかまわず、なめらかに一歩を踏み出すと、ぱっと跳躍し、船べりを越えてファーゴたちの後部甲板に降り立った——猫のように音もなく。彼女は体を回し、サムとレミに向きあった。レミは夫のかたわらに立っていた。女は無表情な黒い目でつかのま彼らを見つめ、それから名刺をさしだした。そこにはただ〝チーラン・スー〟と書かれていた。

「どういうご用でしょう、スーさん？」と、レミがたずねた。

「雇い主のチャールズ・キングが、おふたかたにお出ましいただきたいと申しております」

「すみませんが、わたしたちはキングさんと面識がありません」

「パレンバンの郊外にあるプライベート・チャーター機のターミナルで、自家用機に乗っておお待ちしています。ぜひとも、おふたかたとお話がしたいと申しておりまして」

チーラン・スーの英語はこれといった欠点があるわけではなかったが、聞く者をとまどわせるような堅苦しさがあった。まるで、ロボットが話しているかのように。

「そこは理解できるんだが」とサムが言い、名刺を彼女の手に返した。「チャールズ・キングというのは誰で、なぜぼくらに会いたいのかな?」

「ミスター・キングから、お知りあいのフランク・アルトンさんに関係のある話である点は、お教えする権限を与えられています」

これはサムとレミの注意を引いた。アルトンは知りあいであるだけでなく、昔からの親しい友人でもあった。サンディエゴ市警の警官から私立探偵に転じ、柔道の講習会でサムと出会ったのだ。サムとレミは月に一度、フランクと妻のジュディと夕食をともにしている。

「フランクがどうした?」と、サムがたずねた。

「アルトンさんについては、おふたかたに直接お話ししたいとミスター・キングは申しております」

「ずいぶん秘密主義なのね、スーさん」と、レミが言った。「どうして言えないのか、教えてくれません?」

「ミスター・キングは、ぜひとも――」

「わたしたちに直接、話をしたい」と、レミが受けた。

「はい、そのとおりです」

サムが腕時計で時間を見た。「七時にうかがうとミスター・キングに伝えてほしい」

「それはいまから四時間後です」チーランが言った。「ミスター・キングには──」

「待ってもらうしかない」と、サムが受けた。「こっちにもいろいろ用があってね」

チーラン・スーの冷静な顔にさっと怒りが差したが、その表情は現われるとほとんど同時に消えた。彼女はただうなずいて、「七時ですね。時間はお守りください」とだけ言った。

彼女はそれきり口を閉じると、くるりと向き直り、甲板から警備艇の舷縁《ガンネル》へ、ガゼルのように飛び移った。そして警官たちを押しのけ、船室に消えた。警官の一人がサムたちに帽子を傾けた。十秒後、エンジンがうなりをあげ、船は離れていった。

「うーん、興味深かったな、いまのは」と、しばらくしてサムが言った。

「彼女みたいなのを魔女と呼ぶのよね」と、レミが言った。「彼女の言葉の選びかた、気がついた？」

サムはうなずいた。「〝ミスター・キングから権限を与えられている〟だろ。あの言葉の含みを承知で言ったのなら、ミスター・キングもさぞかし穏やかな人物なんだろうな」

「彼女の話、本当だと思う？　フランクのことよ。何かあったのなら、ジュディから連絡が来ているはずでしょう」

冒険先で危険な状況に陥ることはよくあったが、ふたりの日常生活はわりと穏やかなものだ。それでも、チーラン・スーの予期せぬ訪問と謎めいた招待に、彼らの体内警報装置は反応した。まさかとは思うが、罠の可能性も無視するわけにはいかない。

「確かめよう」と、サムが言った。

彼は操縦席のそばに膝をついて、ダッシュボードの下からリュックを取り出し、横ポケットのひとつから衛星電話を抜き出した。ダイヤルして数秒後、女性の声が応答した。「はい、ミスター・ファーゴですね？」

「この電話が当たりになるかと思ったのに」と、サムは言った。彼とレミはいま、賭けをしている最中だった。セルマ・ワンドラシュがいつか不意を突かれて、ふたりのどちらかをファーストネームで呼ぶかどうかという。

「今日ではありませんでした、ミスター・ファーゴ」

ふたりの調査主任であり、後方支援の天才であり、活動本部の番人でもあるセルマは、かつてはハンガリー市民で、アメリカに住むようになって何十年かになるが、彼女の英語からはいまだに訛りが抜けない。それが彼女の声にハンガリー出身の女優、ザ・ザ・ガボールを思わせる響きを与えてもいるのだが。

サムとレミから白紙委任状を渡され、最先端の調査資源を約束されて引き抜かれるまで、セルマはワシントンDCの国会図書館で特別蔵書部を切り盛りしていた。彼女の趣味である熱帯魚の水槽と、作業室の戸棚をすべて占拠しているお茶のコレクションを別にすれば、セルマが唯一情熱を捧げる対象は、〝調査〟だった。ファーゴ夫妻から解明すべき古《いにしえ》の謎を与えられたときが、彼女にとって至福のときなのだ。

「いつかきみは、ぼくのことをサムと呼ぶ」

「今日はちがいますけど」

「そっちはいま何時だい？」

「十一時くらいです」セルマが十二時前に就寝することはめったになく、朝の四時とか五時を過ぎて眠っていることもめったにない。にもかかわらず、寝ぼけた感じの声はいちども聞いたことがない。「どんなご用ですか？」

「たいした話じゃなければいいんだが」とサムは答え、チーラン・スーから招待を受けた話を詳しく説明した。「チャールズ・キングは聖別を受けた王《キング》のような印象でね」

「耳には入っています。超お金持ちですね」

「彼の私生活について、何か掘り出せないか試してみてほしい」

「ほかには？」

「アルトンの家から何か知らせが来てないか？」

「いえ、なんにも」と、セルマは答えた。

「ジュディに電話して、フランクが国外にいるかどうか確かめてくれ」と、サムは依頼した。「探りの入れかたは慎重にな。何かあるとしても、ジュディを心配させたくない」

「キングにはいつお会いになるんですか?」と、セルマがたずねた。

「四時間後だ」

「了解しました」声に笑いをにじませながらセルマが言った。「それまでに、彼のシャツのサイズからアイスクリームの好みまで、ばっちり突き止めておきましょう」

2

スマトラ島、パレンバン

約束の二十分前、サムとレミはパレンバン空港のプライベート・ターミナル区域に面する金網塀の前にスクーターを止めた。セルマの予想どおり、ひと握りの自家用機が詰めこまれた格納庫の前に駐機用のエプロンがあった。自家用機はどれも単発か双発のプロペラ機だ。一機だけ例外があった。ガルフストリームG650ジェットだ。価格六千五百万ドルのG650は世界一高価なエグゼクティブ・ジェットであるだけでなく、スピードも最速で、マッハ一近い速度で飛ぶことができる。航続距離は一万三〇〇〇キロ近く、最大飛行高度は一万五五〇〇メートル超。民間航空会社のジェット機より三〇〇〇メートル以上高い。

謎の人物ミスター・キングについてセルマがつかんだ情報を聞いていたサムとレミは、〝G6〟があるのを見ても驚きはしなかった。この男は親しい友人からも敵対する人間からも一様に〝キング・チャーリー〟の呼び名で知られており、いま現在、純資産は二百三十二億ドル。〈フォーブス〉誌の世界の富豪ランキングで十一位にランクされている。

十六歳でテキサス州の油田を試掘したのを皮切りに、二十一歳で自身の油田掘削会社〈キング・オイル〉を起業した。そして二十四歳で純資産百万ドルを超える百万長者《ミリオネア》になり、三十歳で億万長者《ビリオネア》になった。彼の企業帝国は八〇年代から九〇年代にかけて採鉱業と銀行業にも手を広げている。フォーブス誌によれば、キングがヒューストンのペントハウス・オフィスでチェッカーに興じて残りの人生を過ごしたとしても、一時間に十万ドルの利息が転がりこんでくる計算だ。

にもかかわらず、彼の日常生活はきわめて質素で、自前のシボレーのピックアップトラックでヒューストンを走りまわり、お気に入りの安食堂で食事をすることもよくあるという。ハワード・ヒューズほどではないにしても、隠遁《いんとん》者めいたところがあり、プライバシーにうるさいと噂されていた。公衆の前で写真に収まることはめったになく、仕事上や社交上の催しに出るときもウェブカメラを通すのが通例だ。

レミがサムを見た。「テールナンバーはセルマの調査結果と一致しているわ。誰かがキングのジェット機を盗んできたのでないかぎり、本人がここにいるということみたい」

「問題は、その理由だ」

セルマはキングの経歴を短くまとめてくれただけでなく、全力を挙げてフランク・アルトンの足どりをたどってくれた。アルトンの秘書によれば、フランクは仕事で国外に出ているという。連絡は三日前から入っていないが、秘書は心配していなかった。仕事が込み入ってくると、一週間とか二週間、連絡をよこさないことも珍しくなかったからだ。

後ろから、木の枝が折れるポキッという音がして、ふたりが振り返ると、塀の反対側の二メートルと離れていないところにチーラン・スーがいた。脚と腰のあたりは木の葉に隠れている。彼女は黒い瞳でファーゴ夫妻をしばらく見つめ、それから、「お早いお着きですね」と言った。検察官よりほんのすこし穏やか、というくらいの厳しい口調だ。

「フットワークが軽いこと」と、レミが言った。

「ずっとお待ちしておりました」

サムが微笑を浮かべて言った。「人にそっと近づくのは行儀が良くないと、お母さんから教わらなかったのかい?」

チーランの顔は冷静なままだった。「母の顔は覚えていないので」

「それは失礼――」

「ミスター・キングはすぐお会いします。七時五十分には出発しなければなりませんので。東側の門でお待ちしています。パスポートをご用意ください」

そう言ってチーランはきびすを返し、木の茂みに入って見えなくなった。

レミは目を細めて、チーランの後ろ姿を追った。「いいんじゃない。正式な訪問なんだし。彼女は気味が悪いけど」

「同感」と、サムが同意した。「じゃあ、行こう。キング・チャーリーが待っている」

横棒を渡した門のそばにスクーターを置き、外の小さな建物に歩み寄ると、制服姿の警備員のかたわらにチーランが立っていた。彼女が前に進み出てパスポートを受け取った。それを警備員に手渡すと、警備員はふたりをそれぞれちらっと見て、パスポートを返した。

チーランは「どうぞ、こちらへ」と言い、先に立って建物を回りこんだ。歩行者用のゲートを通り、ガルフストリームＧ６５０の短いタラップへ。チーランがわきへ寄って、ふたりにそのまま上がるよう身ぶりで伝えた。機内に入ると、小さいながらもきちんと設備のととのった調理室があった。右側の、アーチの下をくぐった先がメイン・キャビンだ。隔壁《バルクヘッド》はぴかぴかのクルミ材で覆われ、テキサス州旗の紋章が嵌《は》めこまれている。銀を使った、ティーカップくらいの大きさのものだ。床にはワインレッドのふかふかの絨毯が敷かれていた。座席の区画は二カ所あり、片方には革張りのリクライニング・シートが四つ配置されていた。後部のもういっぽうには、厚い詰め物に外張りをした小型のソファが三つ。空気はさわやかで、空調が利いている。見えないスピーカーから、ウィリー・ネルソンの《ママズ・ドント・レット・ユア・ベイビーズ・グロウ・アップ・トゥ・ビー・カウボーイズ》が小さく流れていた。

「あらあら」と、レミがつぶやいた。

後部のどこかから、テキサス特有の鼻にかかった声が呼びかけた。「聞こえのいい言葉で言えば、〝いかにもありがちな〟だろうがな、ミズ・ファーゴ。かまうもんか、好きなものは好きなんだ」

後ろ向きの革張りのリクライニング・シートから男が立ち上がり、くるっと向き直って、ふたりと向きあった。身長一九〇センチ、体重九〇キロで――その半分近くは筋肉だ――日焼けした顔に、念入りにととのえたシルバーブロンドのふさふさの髪。チャールズ・キングが六十二歳なのはサムもレミも知っていたが、見た目は五十歳くらいだ。キングはふたりを見て、満面の笑みを浮かべた。びっくりするくらい真っ白な、四角い歯がのぞいた。

「いちどテキサスが血管に入ると」キングが言った。「まず追い出すことはできない。いや、ほんと、四人の妻が精いっぱい努力してくれたが、だめだった」

キングは手をさしだして、大股でふたりに歩み寄った。ブルージーンズに、色あせたパウダーブルーのデニムのシャツ。サムとレミが驚いたことに、履いているのはカウボーイブーツでなく、ナイキのランニングシューズだった。

キングは彼らの表情を見逃さなかった。「あのブーツは好きになれたためしがない。履き心地は最悪で、実用的じゃない。そのうえ、おれが手に入れた馬はみんな競走用で、おれ自身は騎手向きの体格じゃないときている」彼はまずレミの手を握り、それからサムの手を握った。「来てもらって、心から感謝している。チーのことは気を悪くしないでくれ。あいつは世間話には向いていなくてな」

「ポーカーをやらせたら強いでしょう」と、サムが言った。

「まったく、ポーカーはばか強い。初めて対戦したとき――最初で最後になったが――十分で六千ドルを巻き上げられた。さあ、かけてくれ。何か飲み物を持ってこさせよう。何がいい？」

「ボトルの水をお願いします」とレミは言い、サムもうなずいて同じものを頼んだ。

「チー、頼まれてくれ。おれはいつものでいい」

サムとレミの真後ろからチーランが、「はい、ミスター・キング」と答えた。

ふたりはキングに続いて後部の小型ソファに向かい、そこに腰をおろした。トレーを持ったチーランが、わずかに遅れて続く。彼女はサムとレミの前に水を置き、キングにはウイスキーのロックをさしだした。キングはタンブラーを受け取らず、ただじっとそれを見つめた。顔をしかめ、チーランをちらっと見て、首を横に振る。「そこには氷がいくつ入っている、ハニー？」

「三つです、ミスター・キング」チーランが早口で答えた。「申し訳ありません、わたしは――」

「気にするな、チー。いいから、もうひとつ放りこんでこい。それでかまわん」チーランが急いで離れていくと、キングはふたりに言った。「何度言って聞かせても、いまだにときどき忘れてしまう。ジャックダニエルズは気まぐれだ。きちんと氷を入れてやらないと、一文の値打ちもない」

サムが言った。「その点は、おっしゃるとおりだと思いますよ」

「きみは賢明な男だ、ミスター・ファーゴ」

「サムでけっこうです」

「わかった。こっちはチャーリーと呼んでくれ」

キングは楽しげな笑みを顔に張りつけたまま、チーランが正しく氷を入れた飲み物を持って戻ってくるまで、ふたりにじっと目をそそいでいた。チーランはキングのかたわらに立って、味見を待った。「これでこそ、マイ・ガールだ」と、彼は言った。「よし、下がれ」とチーランに言い、ファーゴ夫妻には、「あの小島での発掘はどんなぐあいだ？　なんという島だったかな？」と訊いた。

「ルグンディ島」と、サムが答えた。

「そう、それだ。ある種の――」

「ミスター・キング――」

「チャーリーだ」

「チーラン・スーから、われわれの友人フランク・アルトンの名前を聞いた。世間話は省略しよう。フランクのことを教えてほしい」

「きみは単刀直入な男でもある。きみも同じ性質の持ち主と見たが、レミ？」

ふたりとも返答はしなかったが、レミがにっこり微笑んでみせた。

キングはひょいと肩をすくめた。「わかった、そうするのがいいようだ。二、三週間前、おれはある調査のためにあの男を雇った。その彼が消息を絶ったらしい。パッと、いきなりだ！　きみたちは簡単に見つからないものを見つけるのが得意のようだし、彼の友人だから、きみたちに相談しようと考えた」

「最後に連絡があったのは、いつのこと？」と、レミがたずねた。

「十日前だ」

「フランクは仕事にあたって、ちょっと単独行動を取る傾向がある」と、サムが言った。「なぜ、あなたは——」

「毎日報告してくることになっていたからだ。そういう取り決めになっていたし、十日前まではきちんと守っていた」

「まずい状況になっていると考える理由でも？」

「約束を反故《ほご》にしていることのほかに、という意味か？」キングはかすかに戸惑いの表情を浮かべながら返した。「おれのカネを持って姿をくらましていることのほかに？」

「議論の必要上」

「まあ、あの男がいる場所は、ときによってはちょっと危険なこともある」

「どこなの?」と、レミがたずねた。

「ネパールだ」

「なんですって? だったら――」

「そう。最後に声を聞いたとき、あの男はカトマンズにいた。ちんけな田舎町だが、冷静な判断力を欠くと厳しい状況に陥ることもある」

サムがたずねた。「ほかに、この話を知っている人間は?」

「ほんのひと握りだ」

「フランクの奥さんは?」

キングは首を横に振って、ウイスキーをひと口飲んだ。そして顔をしかめた。

「チー!」

五秒後にチーランはかたわらに来た。「氷の溶けかたが速すぎる。捨ててこい」

「はい、ミスター・キング」

彼女はふたたび姿を消した。

キングは顔をしかめたまま彼女が立ち去るのを見て、それからファーゴ夫妻に向き直った。「すまん、どこまで話したかな?」

「フランクの奥さんに話はしたんですか?」

「奥さんがいるとは知らなかった。緊急時の連絡先を残していかなかったし。わざわざ心配させる理由もないだろう? ひょっとしたら、アルトンは東洋人の女と仲良くなって、おれのカネで遊びまわっているのかもしれない」

「フランク・アルトンはそんな人じゃありません」と、レミが言った。

「かもしれないし、ちがうかもしれない」

「ネパール政府に連絡は?」と、サムがたずねた。「カトマンズのアメリカ大使館でもいいが?」

キングは素っ気なく手を振った。「後ろ向きだからな、ああいう連中はみんな。それに堕落している——つまり、現地の役人は。大使館のことは考えたが、あそこは動きはじめるのに何カ月もかかるし、そんな時間はない。うちの配下の者があの国で別のプロジェクトに取り組んでいるが、彼らにもこの問題にかまけている時間はない。それに、さっきも言ったが、きみたちふたりには、ほかの人間が見つけられない物を見つける夫婦という評判がある」

サムが言った。「まず第一に、チャーリー、人は物じゃない。次に、行方不明の人間を探し出すのはわれわれの専門じゃない」キングが何か言おうと口を開いたが、サムは片手を上げてそれを制し、さらに続けた。「とは言っても、フランクは親友だから、もちろんわれわれは行く」

「すばらしい！」キングが膝をポンとたたいた。「現実的な細かい話をしよう。費用はどのくらいかかりそうだ？」

サムがにやりとした。「まさか、冗談だろ」

「カネのことか？　いや、そんなことはない」

「彼は親友だから、勘定はわたしたちが持つということよ」レミがすこしいらだった口調で言った。「わたしたちに必要なのは、あなたが提供できるかぎりの情報だけ」

「チーがもう資料をまとめている。帰るとき、彼女から受け取ってくれ」

「要約版にしてもらいたいな」と、サムが言った。

「少々込み入った事情があってな」と、キングが言った。「アルトンを雇ったのは、同じ地域で消息を絶ったある人物を探し出してもらうためだ」

「それは？」

「おれの親父だ。消息を絶ったとき、何度か続けて人を送りこんで探してもらったんだが、成果はなかった。まるで、この地上からぷっつり姿を消してしまったかのように連絡が途絶えた。今回、最新の目撃情報が入ったときに、最高の私立探偵をほうぼう探しまわった。アルトンがおすすめの人物だったというわけだ」

「〝最新の目撃情報〟と言ったわね」レミが口を挟んだ。「どういう意味？」

「消息を絶って以来、ときどき、親父がひょっこり姿を見せたという噂が飛びこんできた。七〇年代には十回以上。八〇年代には四回――」

サムが途中で割りこんだ。「チャーリー、いったい、お父さんが消息を絶ったのは何年前のことなんだ？」

「三十八年前だ。親父が消息を絶ったのは一九七三年のことだった」

〝大将《ブリー》〟こと、ルイス・キングにはインディ・ジョーンズを彷彿させるところがあったが、あの映画が作られたのはかなりあとのことだ、とチャーリーは説明した。一年のうち十一カ月を現地調査に費やす考古学者だった。世界を股にかけ、おおかたの人間が存在を知っているよりたくさんの国を訪ねていた。消息を絶ったときに何をしていたのか、正確なところは知らない、とチャールズ・キングは言った。

「どこの系列だったの、彼は？」と、レミがたずねた。

「どういう意味か、わからない」

「大学から仕事を請け負っていたの？　それとも、博物館から？　それとも、どこかの財団から？」

「ちがう。そういうのには不向きな人間だったんだ、親父は。そういう連中が苦手だった」

「遠征の費用はどうやって調達したの？」

キングが控えめな微笑を向けた。「気前が良くて騙されやすい篤志家がいたんだな。といっても、親父のほうから多くを求めたことはなかった。ときどき、五千ドルくらいのもので。単身の仕事だから経費がかさむことはないし、安上がりな暮らしかたも知っていた。旅する場所のほとんどは、一日二、三ドルで暮らせるところだった」

「自宅はあったの？」

「モントレーに小さな家があった。そこは売ってない。というか、指一本触れていない。いまもほとんど、行方不明になった当時のままだ。ああ、うん、何を訊きたいかはわかる。七三年に人をやって、あの家をくまなく調べ、手がかりになるものがないか探してもらったが、何ひとつ見つからなかった。なんなら、きみたちにも調べてもらってかまわん。情報は、チーからもらうといい」

「フランクはそこへ行ったの?」

「いや。そうする値打ちがあると思わなかったらしい」

「最新の目撃情報について教えてほしい」と、サムが言った。

「六週間くらい前、〈ナショナル ジオグラフィック〉誌がネパールにある古都の特集をやっていた。ローマンタとかなんとか——」

「ローマンタン」と、レミが助け舟を出した。

「うん、そこだ。かつてマスタン王国の都だった」

たいていの人と同じように、キングも野生馬《マスタング》と同じようにその地名を発音した。

「ムスタンと発音するのよ」と、レミが言った。「ロー王国という呼び名でも知られていたわ、十八世紀にネパールに併合されるまでは」

「なんでもいい。そのたぐいの話には興味がなくてな。親に似なかったらしい。とにかく、あそこが撮った写真の背景に、写っているんだ。親父そっくりの男が。つまり、少なくとも、四十年近くたったらこんなだろうと思えるような容貌ではあった」

「大きな手がかりとは言えない」と、サムが言った。

「おれの手にあるのはそれだけだ。やってみようという気持ちに変わりはないか？」

「もちろんだ」

サムとレミはいとまごいのために立ち上がった。みんなで握手を交わす。「チーのところに現地の連絡情報がある。あいつに最新情報を入れてくれ。わかったことを、おれに教えてくれ。定期的に報告してくれるとありがたい。では、いいハンティングを、ファーゴ夫妻」

ファーゴたちがゲートをくぐって戻っていき、スクーターにまたがって道路へ消えていくまで、チャールズ・キングはガルフストリームＧ６５０の扉口から見守っていた。チーラン・スーがゲートから戻って、自家用機のタラップを足早に駆け上がり、キングの前で立ち止まった。

「あの連中、気に入りません」と、彼女は言った。

「なぜだ?」

「あなたにしかるべき敬意を払わない」

「それはかまわん、ダーリン。評判に違《たが》わないかぎりはな。いろいろ読んだところでは、あのふたりはこの手の仕事のコツを知っている」

「わたしたちの求めるところから、はみ出してしまったら?」

「まあ、そのときのためにおまえがいるんだろう?」

「おっしゃるとおりです、ミスター・キング。すぐ参りましょうか?」

「いや、まずは自然な成り行きにまかせてやろう。ラッセルを電話に出してくれないか?」

キングは歩いて後部に向かい、ひとつうめいてリクライニング・チェアにどっかとすわった。一分後、チーランの声がインターホンから呼びかけた。「通話の準備ができました、ミスター・キング。ご準備ください」

衛星電話がつながったことを示す小鳥がさえずるような音を待って、キングは応答した。「ラス、聞こえるか？」

「はい」

「発掘の状況は？」

「進行中です。地元の住民がひとり騒ぎ立てて、ひと悶着ありましたが、われわれで処理しました。いま穴にはマージョリーが入って、鞭を鳴らしています」

「あいつらしい！　ピストルみたいな女だからな。とにかく、例の査察官どもにはしっかり目を配っていろ。やつらは出し抜けに現われたりはしない。たっぷりカネを払っているからな。これ以上余分の費用が生じたら、おまえの給料から差し引くぞ」

「きちんと管理しています」

「よし。では、何かいい知らせを聞かせろ。面白そうなものは見つかっていないのか？」

「まだです、いまのところは。しかし、生痕化石《せいこん》（古生物の活動が残した痕跡）に出くわしました。うちの専門家が見込みありと言っています」

「そうか。しかし、その話は前にも聞いたぞ。あのパースの詐欺師のことを忘れたのか？」

「いえ、忘れてはいません」

「マラガシコビトカバの化石がひとつあるとおまえに言ってきた男だ。あいつも専門家という触れこみだった」

「あいつなら、ぼくが始末したじゃないですか」

キングは一瞬沈黙した。しかめ面が薄れていき、くっくっと笑った。「たしかに、そうだった。しかし、よく聞け、息子よ。おれは〝カリコ〟なんとかいうのが欲しいんだ。本物の」

「カリコテリウムです」と、ラッセルが補足した。

「名前なんぞ、なんでもかまわん！　ラテン語だ！　まったく、いまいましい。いいから、手に入れてこい！　もう、あのろくでなしのダン・メイフィールドに、ひとつ来ると言ってあるし、そのための空間も全部用意してあるんだ。わかっているのか？」

「はい、わかっています」

「なら、いい。新しい仕事がある。うちの新戦力にいま会ったところだ。どっちも頭の切れる腕利きでな。あまり時間を無駄にするとは思えない。うまくいけば、おそらくモントレーの家をつつきまわしてから、そっちに向かう。そいつらが飛行機に乗ったら、こっちから連絡しよう」

「承知しました」

「しっかりひもにつないでおくんだぞ、いいか？　手を放したら、おまえの皮を剝《は》いでやるからな」

3

カリフォルニア州サンディエゴ、ラ・ホーヤ、ゴールドフィッシュ・ポイント

キングと別れたあと、サムとレミがルグンディ島に戻ると、思ったとおり、スタン・ダイデルが遺跡の検分にあたっていた。ダイデルはレミがボストン・カレッジ時代に教わった教授で、有給休暇を取って今回の発掘作業に参加している。ふたりがアルトンの話をすると、ダイデルは「きみたちが戻ってくるか代わりの人間が見つかるまで、発掘作業の監督を引き受けよう」と言ってくれた。

三十六時間と三度の乗り継ぎを経て、サムとレミは現地時間の正午にサンディ

エゴに到着した。車でまっすぐフランク・アルトンの自宅に向かい、妻のジュディに話をした。そしていま、自宅の玄関広間に荷物を置くと、階段を下り、セルマの領域である作業空間へ向かった。

一八〇平方メートルに及ぶ天井の高い空間は、カエデ材を使った長さ六メートルの作業台に占拠されていた。そこを吊り下げ式のハロゲン・ランプが照らしている。テーブルは背の高いスツールに囲まれていた。壁のひとつの前に、間仕切りで区切られた小さな作業空間が三つあり、それぞれに一二コアの処理能力を誇る最新のマック・プロのワークステーションとシネマHDディスプレイ三〇インチが設置されている。ガラス張りのオフィスも二室あった。サムとレミがそれぞれ仕事に使っているものだ。温度と湿度を制御した文書保管所がひとつ、小さな映写室がひとつ、そして研究図書室がひとつ。反対側の壁は、セルマ唯一の趣味に捧げられていた。長さ四二〇センチ、容量一八〇〇リットルの塩水の水槽に、各種とりそろえた七色の魚が満ちている。水槽のたてるコポコポいう音が作業室に柔らかな雰囲気を醸《かも》し出していた。

一階の作業空間の上はファーゴ夫妻の自宅になっている。スペイン様式の三階建てで、総面積は一〇〇〇平方メートル超。オープンフロアに、アーチ型の天井。日中は二時間以上照明を点《つ》けることがめったにないくらい、窓と天窓がふんだんに取り付けられていた。ここで使われる電気の大半は、新たに屋根に設置した強力なソーラーパネルの列がつくり出している。

最上階にサムとレミのマスター・スイートがあった。その真下に来客用のスイートが四室あり、リビングとダイニングが各一室、さらには、海を見晴らすキッチン兼居間が断崖の上に突き出している。二階にはジムがあり、エアロビクスとサーキットトレーニングに使う運動機器が配置されていた。スチームサウナや、ハイドロワークスのエンドレス・プール、ロッククライミング用の壁もある。レミのフェンシング場とサムの柔道場には、九〇平方メートルにわたって硬木の床が張り渡されていた。

サムとレミは作業台の角のスツールに腰をおろした。そこにセルマが加わる。セルマの服装は昔ながらの作業服だ。カーキ色のズボン、スニーカー、絞り染めのTシャツ、そして、首かけチェーンのついた角縁眼鏡。ピーター・ジェフコートとウェンディ・コーデンも話を聞くためにやってきた。日に焼けた健康体に、ブロンドの髪に、おおらかな性格。セルマの二人の助手は典型的なカリフォルニアっ子だが、ビーチにたむろする輩《やから》とは人種がちがった。ジェフは建築学の学位、ウェンディは社会科学の学位を、それぞれ大学で取得している。

「ジュディは心配しているけど」と、レミが言った。「顔には出さずにいるわ、子どもたちのために。最新情報が入るたびに連絡するからと言ってきたの。セルマ、わたしたちが留守のあいだ、毎日彼女に連絡を取ってくれると……」

「もちろんです。〝王様〟への謁見《えつけん》はいかがでした？」

サムがチャールズ・キングとの顔合わせについて一部始終を説明した。「機内でレミと検討してきた。あの男の話にはどれも筋が通っていて、南部の田舎者になりきってもいるが、どうも腑《ふ》に落ちないところがあるんだ」

「ひとつは、彼の女秘書」とレミが言い、チーラン・スーについて説明した。キングがいないところでの態度はギョッとするくらい冷然としていたが、ジャックダニエルズの氷の数にキングが示した不快と、チーランが見せたうろたえた様子は、彼女が雇い主を恐れていることだけでなく、キングが支配欲の強い横暴な人間であることも物語っていた。

「レミはスーについて、興味深い直感もいだいている」と、サムが言った。

レミが言った。「彼女はあの男の愛人よ。サムは半信半疑だけど、わたしは自信があるわ。そして彼女は、キングの冷酷横暴な手にがっしりつかまれている」

「キング一家の経歴については、いま準備中ですが」セルマが言った。「これまでのところ、チーランについてはなんの情報にも突き当たりません。引き続き調べてみますけど。差し支えなければ、ループに電話をかけてみようかと思います」

サムの友人のルービン・ヘイウッドは、ヴァージニア州ラングレーのＣＩＡ本部に勤務している。彼とサムが出会ったのは、キャンプ・ピアリーにある悪名高い秘密作戦訓練施設だ。サムが〈国防総省国防高等研究計画局《DARPA》〉に勤め、ルービンが新進気鋭の担当官《ケース・オフィサー》だったころのことだ。〝ザ・ファーム〟の別名を持つこの訓練施設は、ルービンのような人間にとっては必修科目だが、サムは共同実験の一環として送りこまれていた。ケース・オフィサーが現場でどんな仕事をするか、エンジニアが理解を深めれば、それだけアメリカの諜報員に必要なものを配備する能力が上がるのではないか——ＤＡＲＰＡとＣＩＡがそう考えたのだ。

「必要なら、そうしてくれ。それと、もうひとつ」と、サムが付け加えた。「キングは父親の関心領域がどこにあったのか、まったく知らないと言っている。四十年近く父親を探しておきながら、父親を衝《つ》き動かしたものはなんだったのか、さっぱりわからないと主張している。それはないんじゃないか」

レミが言い添えた。「ネパール政府に連絡を取らず、アメリカ大使館にさえ連絡を取っていないと言ってるの。キングくらい力のある人間なら、二、三本電話をかけるだけで動かせるでしょうに」

「キングは、父親のモントレーの家にフランクは関心を示さなかったとも言っている。しかし、フランクみたいな職務に忠実で徹底した男がそこを無視するはずはない。キングがフランクにその家の話をしたのなら、フランクは行ったはずだ」

「なぜキングは、そのことで嘘をついたりするんだろう？」と、ピーターが言った。

「さっぱりわからないわ」と、レミが答えた。

「つまり、結局どういうこと？」と、ウェンディが疑問を口にした。

「誰かが何かを隠したがっている」と、セルマが答えた。

「ぼくらも同じ考えだ」と、サムが言った。「問題は、何を、だな。キングには偏執狂めいたところもある。公平を期すために言えば、あのくらい裕福な男の元には、ペテン師が群れをなして押し寄せてくるんだろうが」

「結局、どれも決め手に欠けるわね」と、レミが言った。「フランク・アルトンが行方不明になっている。その点にピントを合わせるしかないわ」

「どこから始めます？」と、セルマがたずねた。

「モントレーだ」

カリフォルニア州モントレー

サムはゆっくりと角を曲がっていった。曲がりくねった砂利道とその両側を覆う木の葉の群れに霧が渦を巻き、そこを車のヘッドライトが探るように進んでいく。眼下の闇には断崖近くの家々の灯りがきらめいていた。いっぽうで、はるか遠くの暗闇には、漁船のために置かれた赤い航路浮標がゆらゆら揺れていた。レミの側の窓が開いていて、遠くのブイがときおりたてる悲しげな鐘の音が聞こえる。

サムとレミは疲れていたが、早くフランクの失踪問題に着手したかったので、サンディエゴから夜のシャトル便で滑走路二本のモントレー・ペニンシュラ空港へ飛び、そこでレンタカーを借りてきた。

建物を見なくても、〝ブリー〟ことルイス・キングの家に数百万ドルの値打ちがあるのは明らかだった。つまり、家が立っている土地に数百万ドルの値打ちがあるのだ。モントレー湾の眺望は安くない。チャールズ・キングの話によれば、彼の父親は五〇年代の前半にこの家を買っている。以来、値上がりの魔法によって、防水シートを張った掘っ立て小屋までが不動産の金脈と化していた。

ダッシュボードでカーナビの画面がチャイムを鳴らし、サムにまた角を曲がるよう指示をした。車が曲がると、郵便受けだけが付いた傾いた柱に、ヘッドライトの光がさーっと押し寄せた。

「ここよ」とレミが言い、番地を読み上げた。

家の前まで続く私道に入ると、松の低木と、いまにも倒れそうで、もはや白くはない杭垣が並んでいた。まっすぐ立っていられるのは、巻きついている植物の蔓《つる》のおかげらしい。サムは車を惰性で進ませ、停止させた。一〇〇平方メートルくらいのソルトボックス型の家をヘッドライトの光が照らしだす。正面扉の左右に、板を打ちつけた小さな窓がそれぞれ一枚あり、コンクリートのぼろぼろの階段が玄関に続いていた。正面には、かつて深い緑色だったらしいペンキが塗られている。剥げ落ちていないところも、気の抜けたオリーブ色にあせていた。

家の陰に一部隠れているが、道の最後に雨樋の垂れ下がった一台用のガレージがあった。

「一九五〇年代の家ね、たしかに」と、レミが言った。「余分な装飾いっさい抜きというのは、こういうのを言うんだわ」

「敷地は一〇〇メートル四方くらいありそうだ。よくまあ、開発業者の手を逃れてきたものだ」

「持ち主が誰かを考えなければね」

「いい指摘だ」と、サムが言った。「正直言うと、ここはちょっと不気味だな」

「わたしは〝すっごく〟不気味って言おうとしてたんだけど。行く?」

サムがヘッドライトを消してエンジンを切ると、家を照らすのは、霧の合間から漏《も》れ出るわずかな青白い月光だけになった。サムは後部座席から革のスーツケースをつかむと、レミといっしょに車の外へ降り、ドアを閉めた。静寂のなかに、バタンというふたつの音が異様に大きく響く。サムはズボンのポケットからLEDの小型懐中電灯を取り出し、スイッチを入れた。

ふたりで玄関まで通路を進んだ。階段が安定しているかどうか、サムが足で探る。彼はレミにうなずきを送り、階段を上がると、チーランのくれた鍵を錠に差し入れて回した。カチリと音がして、錠が開いた。ドアをそっと押す。蝶番《ちょうつがい》は予想どおり、ギーッと音をたてた。サムが敷居を踏み越え、レミもあとに続く。

「ちょっと照らして」と、レミが言った。

サムが向き直って、わき柱の横の壁に光を当て、レミがスイッチを探した。見つかって、パチンと入れた。電源は落ちていないとチーランは請け合っていたが、そのとおりだった。部屋の四隅のうち三つでフロアランプが点灯し、壁に鈍い黄色の円錐《えんすい》を投げた。

「キングの話から想像したほど、荒れ果てた感じじゃないな」と、サムが感想を述べた。ランプの電球はともっただけでなく、埃《ほこり》の跡も見えなかった。「定期的に掃除させているにちがいない」

「ちょっとおかしいと思わない？」レミが言った。「父親が消息を絶ってから四十年近く家をそのままにして、何ひとつ変えず、庭が荒れ果てるあいだも掃除だけはしてきたなんて」

「チャールズ・キングそのものがおかしい気がするから、まあ、これくらいじゃ驚かないけどな。あいつを細菌恐怖症にして、爪切りを隠してやったら、ハワード・ヒューズの域にすこし近づけるかもしれない」

レミが声をあげて笑った。「まあ、手を着けなくちゃいけない場所がそんなに多くないのが、救いかもね」

彼女の言うとおりだった。ふたりの立っている場所からは、ブリーの家の大半が見渡せた。書斎らしき六メートル四方の部屋がいちばん大きく、東西の壁は床から天井までの大きな本棚が占拠していた。棚には陳列ケースがぎっしりで、書物や装飾品や額入りの写真、そして、化石や人工遺物らしきものが収まっていた。

部屋の中央には、ルイス・キングが机がわりに使っていた寄せ木造りのキッチンテーブルがあった。古いポータブル・タイプライターにペン、鉛筆、メモ帳、そして書物の山。南の壁にドアが三つあり、ひとつは簡易キッチンに、ひとつはバスルームに、もうひとつは寝室に続いていた。パインソルの洗剤と防虫剤《モスボール》の強いにおいに隠れているが、白かびのにおいと壁紙用の糊《のり》のにおいがした。

「ここはきみの出番だな、レミ。ブリーはきみと共通の趣味の持ち主だった――まだ〝持ち主だ〟、かもしれないが。ぼくはほかの部屋を調べてくる。コウモリを見たら大声で叫べ」

「冗談はやめてくれる、ファーゴ」

レミは頭のてっぺんから足の爪先まで、勇ましい突撃隊員だ。汚いものに手を触れたり危険に飛びこむのを恐れたことはいちどもないが、コウモリが大の苦手だった。革を思わせる翼と、鉤《かぎ》爪のついたちっぽけな手と、豚が縮んだような顔。それが根源的な部分に触れるらしい。ハロウィーンの時期、ファーゴ家には緊張が漂う。昔の吸血鬼映画も禁止されていた。

サムは彼女のところへ引き返し、人差し指であごを持ち上げてキスをした。

「ごめん」

「よろしい」

サムが簡易キッチンに入っていくと、レミは本棚をざっと見渡した。予想どおり、どの本も一九七〇年代以前に書かれたものだ。ルイス・キングが良書を選んで読む人物だったことが、ひと目でわかった。考古学と準考古学的領域——人類学、古生物学、地質学など——に直接関連するものがほとんどだが、哲学や宇宙学や社会学や古典文学や歴史にまつわるものもあった。

サムが書斎に戻ってきた。「ほかの部屋には、興味をそそるものはなかった。こっちはどうだ？」

「わたし、思うんだけど、ルイスは——」彼女はそこで言葉を切って、くるりと向き直った。「彼にどの時制を適用するか、決めておいたほうがいいわね。彼のことは、死んでいると考える？　それとも、生きていると考える？」

「後者でいこう。フランクはそうしたわけだから」

レミがうなずいた。「ルイスはすごく趣味のいい人なんじゃないかしら。どっちかに賭けなくちゃならないとしたら、彼はここの本を、全部とは言わないまでも、ほとんど読んだと思うわ」

「息子が話していたくらい頻繁に現地調査に出ていたのなら、どこにそんな時間があったんだ?」

「速読ができたとか?」と、レミが示唆した。

「その可能性はあるな。陳列ケースのなかにあるのはなんだ?」

サムは懐中電灯で、レミの肩にいちばん近いケースを照らした。レミがのぞきこむ。「クローヴィスポイントよ」と、彼女は言った。槍や矢の先端にあたる、石や象牙や骨の部分一般を表わす言葉だ。「すばらしいコレクションでもあるわ」

ふたりで陳列ケースの残りを順々に調べはじめた。ルイスのコレクションは彼の書斎と同じくらい多岐にわたっていた。考古学的な遺物——容器のかけら、刻まれた枝角、石器、化石化した木のかけら——がたくさんあったが、歴史学に属する断片もあった。化石や、岩石、絶滅した植物や、昆虫の図説や、古代文字などだ。

羊皮紙の入ったガラスケースをレミが軽くたたいた。ネパール語の表記文字であるデーヴァナーガリーらしきものが記されていた。「興味深いわ、これ。複製だと思うけど。翻訳者を示す注らしきものもあるわよ。〝A・カールラミ、プリンストン大学〟だって。でも、その翻訳はついていない」

「調べてみよう」とサムが言い、ポケットからiPhoneを抜き出した。ウェブブラウザのSafariを起動し、メニューバーに〝4G〟のアイコンが出るのを待つ。4Gではなく、画面にメッセージ・ボックスが現われた。

Wi-Fiネットワークを選択
1651FPR

サムは眉をひそめて、一瞬メッセージを凝視してからウェブブラウザを閉じ、メモ用のアプリを呼び出した。そしてレミに、「つながらない。見てくれ」と言った。

レミが向き直った。「どうしたの?」

サムは片目をつぶった。「ほら」

レミが歩み寄り、iPhoneの画面を見た。そこにサムがメッセージをタイプしていた。

話を合わせろ。

レミはよどみなく話を続けた。「圏外でも不思議じゃないわ。辺鄙《へんぴ》な場所なんだし」

「どうだい？　見るべきものは全部見たかな？」

「と思うわ。ホテルを探しにいきましょう」

ふたりは照明を消すと、玄関を出て施錠した。レミが、「どういうこと、サム？」とたずねた。

「ワイヤレス・ネットワークを受信した。ネットワーク名はここの住所から取られていた。フォールス《F》・パス《P》・ロード《R》一六五一番地」サムはメッセージ画面を呼び戻して、レミに見せた。

「近所ってことは？」と、彼女はたずねた。

「ちがうな、家から出る標準的な信号は五〇メートルがせいぜいだ」

「ますます好奇心がつのってくる」と、レミが言った。「わたしはモデムもルーターも見なかったわよ。遺棄されているはずの家に、どうしてワイヤレス・ネットワークが必要なの？」

「考えられる理由はひとつしかない。相手が誰か考えたら、そんなにとっぴな話じゃない。モニターしてるんだ」

「カメラとかで？」

「あるいは、盗聴器か、カメラと盗聴器の両方か」

「キングがこっそりわたしたちを見張っているってこと？　なぜ？」

「知るもんか。しかし、こうなると好奇心をかきたてられる。あそこに戻る必要があるな。よし、周囲を調べてみよう」

「外にカメラが取り付けられていたら？」

「カメラは隠しにくい。油断せずに行こう」

家の正面と下のほうを懐中電灯で照らしながら、サムは敷地内の車道をガレージへと向かった。家の角にたどり着き、足を止めてのぞきこむ。それから頭を戻した。「なんにもない」ガレージの横扉に歩み寄り、ノブに手をかけようとした。鍵がかかっている。サムがウインドブレーカーを脱いで右手に巻きつけ、ノブの上のガラス窓にこぶしを押しつけて、ぐっと体をあずけると、最後にくぐもった音がしてガラスが割れた。残りの破片をきれいに取り払い、手を入れて錠を開ける。

なかに入ると、すぐに配電盤が見つかった。カバーを開けて配置を調べる。昔のヒューズ式だ。なかにいくつか、比較的新しいヒューズがあった。

「どうするの?」と、レミがたずねた。

「ヒューズには手を出したくないな」

サムが懐中電灯をパネルから木の底板に向け、そのあと左隣の縦枠に向けると、電気メーターがあった。ポケットナイフでリード線を引きはがし、カバーを開けて主電源のスイッチをパチンと切る。

「どこかに発電機や予備電源が隠れていないかぎり、これでいけるはずだ」と、サムが言った。

ふたりは正面の階段に戻った。レミがｉＰｈｏｎｅを抜き出してワイヤレス・ネットワークを調べる。受信の記号が消えていた。「消えたわ」と、彼女は言った。

「チャールズ・キングが何を隠しているのか、確かめにいこう」

なかに戻ると、レミはデーヴァナーガリー文字の羊皮紙が入ったケースへまっすぐ向かった。「サム、わたしのカメラ、持ってきてくれない?」

サムはそばの肘掛け椅子に置いてきたスーツケースを開け、レミのキヤノンG10を取り出して手渡した。レミが陳列ケースを撮りはじめる。それがすむと、次の作業に移った。「全部記録したほうがいいかも」

サムがうなずいた。腰に手を当てて、本棚を調べていく。頭のなかでぱっと計算した。五百冊から六百冊というところか。「調べていくよ」

キングが清掃に雇った人間は棚のなかにほとんど注意を払っていないことが、たちまち明らかになった。本の背はきれいだが、いわゆる天の部分に埃が厚く積もっていた。一冊取り出すごとに、指紋がないか、サムが懐中電灯で調べていく。どの本にも十年以上、誰かが触れた形跡はなかった。

二時間と百回のくしゃみを経て、ふたりは最後の一冊を棚に戻した。一時間前に陳列ケースを撮りおえていたレミが最後の百冊を手伝った。

「なんにもない」とサムが言い、書棚から後ろに下がってズボンで手を拭いた。

「そっちは?」

「ないわね。でも、ケースのひとつに興味深いものがあったわ」

彼女はカメラの電源を入れ、該当する写真までスクロールして、サムに画面を見せた。彼はしばらくそれを観察した。「なんだい、これは?」

「断言はできないけど、ダチョウの卵のかけらだと思う」

「その彫りこみは? 文字か? 絵か?」

「わからない。ケースから取り出して、全部撮っておいたけど」

「大事な意味のあるものか?」

「たぶん、わたしたちにはないわ。もっと大きな文脈なら……」レミは肩をすくめて、「どっさりあるかも」と言った。

レミの説明によれば、一九九九年にフランスの考古学者の一団が南アフリカのディップクルーフ・ロックシェルターで、模様の彫りこまれたダチョウの卵殻のかけら二百七十片が貯蔵されているのを発見した。かけらには、六万五千年から五万五千年前のハウイソンズ・プールトと呼ばれる細石器文明時代に属する、幾何学模様が彫られていた。

「この彫りこみの意味については、専門家たちがいまも論議を戦わせているところでね」レミが説明を続けた。「芸術的作品と主張する人もいれば、地図と主張する人もいる。一種の書き文字と言う人までいるわ」

「見た感じ、同じものか?」

「ここではよく思い出せないけど、南アフリカのかけらと同じタイプだとしたら」とレミは言い、「ディップクルーフの二十五年以上前に発見されたことになる」と、締めくくった。

「ルイスは自分が何を手に入れたのか、わからなかったのかもしれない」

「それはどうかしら。彼くらい有能な考古学者なら、重要な意味があることが理解できないはずはないもの。フランクを見つけて、状況が落ち着いたら――」サムが何か言いかけるのを見て、レミはすぐさま訂正した。「〝わたしたちの〟状況が落ち着いたらだけど、わたし、調べてみる」

サムがため息をついた。「つまり、いまのところ、ネパールに関係のあることで手に入ったのは、あのデーヴァナーガリー文字の羊皮紙だけってわけだ」

4

ネパール、カトマンズ

カトマンズのトリブヴァン国際空港に向けて最終着陸態勢に入りますという機長のアナウンスで、サムとレミは目を覚ました。この三日間、大半を空の上で過ごしてきただけに、ふたりとも完全に目が覚めるまでに三十秒以上を要した。ユナイテッド、キャセイパシフィック、ロイヤルネパールと航空会社を乗り継いだ空の旅に、三十二時間近くを費やしてきた。

サムは体を起こして頭の上に両腕を伸ばし、座席の背に取り付けられた画面のデジタル時計に腕時計を合わせた。彼の横で、レミがまぶたをパチパチ動かす。

「美味しいコーヒーを一杯くれたら、わが王国を引き渡そう」と、レミがつぶやいた。

「あと二十分で到着だぞ」

レミの目が完全に開いた。「そうか、忘れるところだった」

このところ、ネパールはコーヒー産業に力を入れている。ファーゴ夫妻にとって、この国のアルガカンチ地区で栽培されたものは世界一美味しいコーヒー豆なのだ。

サムは彼女に微笑みかけた。「もう飲めないってくらい買ってあげるさ」

「さすがは、わたしの英雄さん」

機体が大きく傾いて、ふたりは窓の外を見つめた。カトマンズという地名はほとんどの旅客の頭に、仏教寺院や、衣をまとった僧侶、トレッキングや山登りを楽しむ人々、お香や香辛料、いまにも倒れそうな掘っ立て小屋、ヒマラヤの峰々が影を落とす隠れた盆地といった、異国情緒たっぷりの情景を呼び起こす。初めてこの地を訪れる者で、識字率九八パーセントで人口七十五万がひしめく大都会のイメージを浮かべる者はいない。

上空から見たカトマンズは、シヴァプリ、プルチョウキ、ナガルジュン、チャンドラギリの四つの山脈に囲まれた、クレーター状の盆地のようだ。

サムとレミは休暇で二度この街を訪れていた。これだけの人口をかかえながらも、カトマンズの地上はモダニズムが入り混じった中規模の村の集合体といった趣であることを、彼らは知っていた。ヒンドゥーのシヴァ神を祀《まつ》った一千年の歴史を持つ寺院があるかと思えば、その隣に携帯電話を売る店があったりする。大通りでは、つややかなハイブリッド車のタクシーと派手に飾り立てたリキシャが客を奪いあっている。広場では、オクトーバーフェストをイメージしたドイツレストランと、通行人相手の舗道の屋台が、向かいあっている。そしてもちろん、山の斜面と都市を囲む岩だらけの山頂には、何百もの寺院や僧院が詰めこまれている。そのなかにはカトマンズの街より古いものもあった。

経験豊富な旅人であるサムとレミは通関手続きへの備えも万全で、最小限のごたごたで切り抜けることができた。すぐターミナルの外に出ると、曲線を描いた現代的な日除《よ》けの下に地上移動手段が待ち受ける一角があった。ターミナルの正面は素朴なテラコッタ造りで、傾斜の大きな屋根に長方形の嵌めこみ細工が何百と飾られている。

「セルマはどこを予約してくれたの？」

「ハイアット・リージェンシーだ」

レミはよろしいとばかりにうなずいた。前回、ネパールの文化に浸りたいと考えてカトマンズを訪れたとき、彼らはある簡易宿泊所《ホステル》に宿泊したのだが、たまたまその隣にヤクを飼っている牧場があった。ヤクは慎み深さにもプライバシーにも睡眠にもいっさい関心がないことを、彼らは知った。

サムがタクシーを呼び止めようと、縁石の前へ足を踏み出した。ふたりの後ろから男の声が呼びかけた。「ファーゴご夫妻ですか？」

サムとレミが振り向くと、男と女が一人ずついた。どちらも二十代の前半くらいで、容貌がそっくりなだけでなく、チャールズ・キングにも似ていた。ひとつだけ、驚くべき相違があった。キングの子どもたちは父親のシルバーブロンドの髪と満面の笑みを受け継いでいたが、その顔にはわずかに、しかし疑いようのないアジア人の特徴が見られた。

レミがちらっと横目でサムを見て、サムはたちまちその意味を理解した。チーラン・スーに関するレミの直感はあながち間違いではなかったらしい。ただし、彼らの早とちりでなければ、彼女はただの愛人ではないということだ。

「そうだが」と、サムが返事をした。

男のほうが手をさしだし、ふたりとそれぞれ力強い握手を交わした。父親の長身は受け継いでいるが、肥満のほうは受け継いでいない。「ラッセルといいます。こっちが双子の妹のマージョリーです」

「サムだ……こっちがレミ。お迎えを受けるとは思わなかった」

「自主的にお迎えにあがることにしたんです」と、マージョリーが言った。「父の仕事でこっちに来ていますから、お安いご用です」

ラッセルが言った。「カトマンズが初めてだったら、勝手がわからないんじゃないかと思って。車で来てますから、ホテルまでお送りします」

ハイアット・リージェンシーは空港から北西に三キロほど行ったところにあった。ふたりはキングの双子のメルセデス・ベンツ・セダンに乗りこんだ。すいすい進むわけではなかったが、乗り心地は悪くない。音を制御した車内と色つきの窓のおかげで、なにやら現実離れした心地がした。ハンドルを握っているラッセルは入り組んだ細い道を易々と進み、助手席にすわっているマージョリーが肩越しに、現地の観光情報をすらすらと語った――あらかじめ用意されていた台本を読むかのように。

やがて車はハイアットのロビー前、天幕に覆われた車回しに停止した。サムとレミがドアハンドルに触れる前に、ラッセルとマージョリーが車を降りて、後部ドアを開け、そのまま保持した。

空港のターミナルと同様、ハイアット・リージェンシーの建築も古いものと新しいものが入り混じっていた。テラコッタ色とクリーム色の六階建てで、建物が縦横に広がっていて、その正面は仏塔《パゴダ》様式の屋根に覆われていた。周囲には、手入れの行き届いた豊かな緑が八万平方メートルばかり広がっている。

ベルボーイが車に近づいてくると、ラッセルがネパール語で何事か怒鳴った。

男は力強くうなずいて、無理やり笑顔をつくり、トランクから荷物を運び出してロビーへ消えた。

「どうぞ、ごゆっくり」とラッセルが言い、ふたりに一枚ずつ名刺を渡した。「あとで電話をください。そしたら、進めかたを検討しましょう」

「進めかた?」サムがおうむ返しに言った。

マージョリーが微笑んだ。「すみません、たぶんお父さんが言い忘れたのね。おふたりがアルトンさんを探すあいだ、わたしたち、ガイドを頼まれたんです。それじゃ、また明日!」

キングの双子は同じように笑顔で手を振ると、メルセデスへ駆け戻っていった。サムとレミは遠ざかっていく車をしばらく見つめていた。それからレミがつぶやいた。「キング一家にふつうの人間はいないのかしら?」

四十五分後、彼らはスイートルームに落ち着いて、コーヒーを楽しんでいた。

プールサイドに寝ころがって午後を過ごし、リラックスすると、ふたりは部屋に戻ってカクテルとしゃれこんだ。サムはボンベイ・サファイアのジンを使ったギブソン、レミはケテル・ワンのウォッカを使ったコスモポリタンを、それぞれ注文した。そのあとは、パレンバン空港でチーランがくれた調査資料を通読した。一見綿密な資料に見えて、そのじつ、捜索にとりかかれる材料はほとんど見当たらなかった。

「率直な感想だけど」レミが言った。「チーラン・スーとチャールズ・キングの遺伝子は、なんとも興味深い……結果を生み出したものね」

「それはまた思いやりのある表現だな、レミ。正直に言おう。あのラッセルとマージョリーのコンビはおっかない。あの見かけプラス度を超えた親切イコール、ハリウッド生まれの連続殺人鬼ペアだ。あの二人に刻まれているのは本当にチーランの痕跡か？」

「どうかしら。そうでないことを願っているわたしもいるの。あの子たちの母親だとしたら、身ごもったのはたぶん、十八とか十九のときよ」

「キングは四十くらいか」

「テキサス訛りがないのに気がついた？　母音がアイヴィー・リーグっぽい感じだった気がする」

「つまり、パパにテキサスの外へ送り出されて、大学に通ったわけだ。知りたいのは、ぼくらの乗っている便をどうやって知ったかだ」

「チャールズ・キングが力こぶを作ってみせたわけ？　おれにはいろんなところにつてがあるぞって？」

「かもしれない。だから、驚異の双子《ワンダー・ツインズ》が迎えにくるのを教えなかったのかもな。キングほどの実力の持ち主だ、相手の不意を衝く名人を気取っているのかもしれない」

「行く先々で、あの子たちに尾けまわされるのはいやよ」

「ぼくもいやだが、明日はつきあってやって、彼らがフランクの行動についてどんなことを知っているか確かめよう。キング一家にはぼくらに教えていないことがたくさんあるんじゃないかと、ひそかに疑っているところだ」

「わたしも同感」と、レミが返した。「つまり、結論はひとつね。キングは人形遣いを演じようとしている。問題は、その理由よ。異常な支配好きだからか、それとも、何かを隠しているからか？」

ドアのチャイムが鳴った。サムがドアに歩み寄り、下のすきまからすべりこんできた封筒を拾って、「ああ、ディナーの予約の確認だ」と言った。

「本当に？」

「まあ、きみに三十分で出かける支度ができればの話だが」と、サムが答えた。

「喜んで。どこへ行くの？」

「〈バンチカ&ガン〉だ」と、サムは答えた。

「よく覚えてたわね」

「あんなすごい料理を忘れるわけないだろう。あの雰囲気に、ネパールの郷土料理」

二十五分後、レミはアクリスのスラックスとトップに着替え、それに合わせた上着に袖を通した。髭を剃《そ》りなおしたサムは、ロバート・グラハムの青いシャツとダークグレイのスラックスに身を包み、レミをしたがえて部屋を出た。


午前四時に目を覚ましたレミは、夫がベッドにおらず、くつろぎ用のシッティング・エリアで肘掛け椅子にすわっているのに気がついても、それほど驚きはしなかった。潜在意識を何かがつついているとき、サム・ファーゴは眠れなくなる。

彼はランプの柔らかな光の下で、チーランのよこした調査資料を読んでいた。レミはマニラフォルダーを腰でそっと押しのけ、彼の膝の上に落ち着いて、ラ・ペルラの長いシルクのローブをぎゅっとかき寄せた。

「疑わしい箇所が見つかった気がする」と、彼は言った。

「見せて」

サムはクリップのついたひと続きのページをぱらぱらとめくった。「フランクから毎日キングに送られていたというeメールの報告だ。現地に到着した日から始まり、消息を絶った日の朝で終わっている。最後の三通だが、ほかとの違いに気がつかないか？」

レミはざっと目を通した。「わからない」

「この三通にはどれも〝フランク〟と署名している。それまでのメールを見てみろ」

レミは言われたとおりにした。そして、口をぎゅっとすぼめた。「〝FA〟としか書かれていない」

「ぼくに送ってくるときもそうだった」

「ということは？」

「単なる推測だが、最後の三通はフランクの手で送られたものではないか、あるいは、こういう形にすることでSOSを発信しようとしたかだ」

「後者の可能性は低いんじゃないかしら。フランクならもっと巧妙な暗号を思いつくはずだもの」

「だったら、もうひとつのほうだ。フランクはキングが思っているより早く消息を絶っていたんだ」

「そして、何者かが彼になりすましていた」と、レミが結んだ。

ネパール、カトマンズの北五〇キロ

夜明け前、薄闇のなかを走っていたレンジローバーが幹線道路を離れた。谷底に向かう曲がりくねった道を進み、ヘッドライトの光が緑の段々畑に押し寄せる。谷底に下りると交差道路が出てきた。こっちの道はさらに細く、泥の轍《わだち》がついていた。そこを何百メートルかガタガタ進むと、橋にさしかかった。下を流れる川は激しく逆巻き、黒い水が橋桁のいちばん下を洗っている。ローバーのヘッドライトが向こう岸の看板をつかのま照らした。ネパール語で〝トリスリ川〟と書かれていた。橋を渡りきって、さらに何百メートルか進むと、ずんぐりとした灰色の煉瓦《れんが》造りの建物が出てきた。つぎはぎ細工のブリキ屋根が見える。正面に木の扉があって、そばの四角い窓が黄色く輝いていた。ローバーは建物の前にゆっくり停止し、エンジンを切った。

キングの双子の兄妹、ラッセルとマージョリーは車を降りて、建物の扉に向かった。ふたつの角の陰からそれぞれ人影が現われ、二人を出迎えた。どちらも自動火器を斜めに携えている。懐中電灯のスイッチが入って、キングの双子の顔を照らし、またスイッチが切られた。見張りの一人があごをしゃくり、建物に入るよう合図した。

扉をくぐると、木の架台式テーブルの前に男が一人すわっていた。このテーブルと石油ランプを除けば、部屋にはほとんど物がない。

「周《チヨウ》大佐」ラッセル・キングが低い声で言った。

「ようこそ、アメリカの名無しの友人たち。まあ、どうぞ」

二人は言われたとおり、周と向きあう長椅子に腰をおろした。マージョリーが言った。「制服じゃないのね。お願いだから、ネパール軍の警備兵が怖いからなんて言わないで」

周はくっくっと笑った。「まさか。部下たちは射撃訓練ができて楽しいだろうが、しかるべき筋を通さずに越境するのを、上層部が大目に見てくれるとは思えないのでね」

「今回はそっちの要望だ」ラッセルが言った。「ここに来るよう要請したわけは？」

「そちらから要請のあった認可について、検討の必要がありましてね」

「支払いのすんでいる例の認可のこと？」と、マージョリーが問い返した。

「まあ、そういうことです。お望みの地域には厳重な警備が敷かれていて――」

「中国の警備はどこも厳重だ」と、ラッセルが言った。

「あなたたちが旅をしたい地域で、わたしの自由になるのはほんの一部にすぎない」

「これまで問題になったことは、いちどもなかったはずだ」

になっていた。

「ゆする気？」と、マージョリーが言った。顔の表情に変化はないが、目が険悪
「いまの表現はわからない」

「賄賂の要求よ」

周大佐は眉をひそめた。「それはまた手厳しい。ありていに言えば、おっしゃるとおりだが。たしかに、すでに支払いは受けている。不幸にして、わたしの属する管区が再編成を受けて、食わせる必要のある口が増えてしまった。わかっていただけると思いますがね。食わせてやらないと、その口が都合の悪い連中に話をしはじめるのですよ」

「ひょっとして、あんたの代わりにその連中と話をすべきかな」と、ラッセルが言った。

「どうぞお好きに。しかし、そんな時間がありますか？　わたしの記憶が確かなら、わたしを見つけるにも八カ月かかったのでしょう。また最初から始めるのかな？　見つけたのがわたしで運がよかったんだ。次は、スパイとして投獄される
「状況は変化する」

かもしれない。冗談じゃなく、充分にありえる話ですよ」

「あなた、危険な賭けに出ているわ、大佐」と、マージョリーが言った。

「違法に越境して中国に侵入するのと同じくらい」

「わたしたちが武器を持っていないか、部下に調べさせないことくらい」

周がすっと目を細めて、扉を見やり、それから双子に目を戻した。「できるものか」と、彼は言った。

「彼女はやる」ラッセルは言った。「おれもだよ。冗談じゃなく。しかし、いまじゃない。今夜はよそう。おれたちが誰か知っていたら、もっとカネを搾り取ろうなんて考えには二の足を踏むだろうに」

「そちらの名前は知らなくても、同じ種類の人間は知っているし、何を探しているかについても勘ははたらく」

ラッセルが言った。「その余分の口に食わせるのに、いくらかかるんだ?」

「二万。ドルではなく、ユーロで」

ラッセルとマージョリーは立ち上がった。「今日じゅうに口座に振りこもう。越境の準備ができたら、連絡する」と、ラッセルが言った。

彼にはわかった——夜の冷えこみ、車の走る音がしないこと、近くでヤクの鈴がたびたび鳴ることから、山麓のかなり高いところにいることが。バンに押しこまれると同時に目隠しをされたため、カトマンズからどのくらい遠くへ運ばれたのかは知りようがない。二〇キロか二〇〇キロかの問題ではない。カトマンズのある盆地からいったん外に出ると、この地形にのみこまれてしまう可能性がある。これまでにも何千回とあっただろう。峡谷、洞窟、陥没穴、クレバス……隠れる場所も、死ぬ場所も、星の数ほどある。

床と壁には、粗削りな厚板が使われていた。簡易ベッドにも。マットレスにはわらが詰めこまれ、かすかに肥料のにおいがした。彼を捕まえた者たちが燃料の補給に来るたび、焚《た》きつけ口が大きな音をたてて閉められることから、暖房器具は昔のだるまストーブだろうと推測した。ときおり、木から発生する煙のつんと鼻を突くにおいのほかに、石油燃料のにおいもかすかにする。ハイカーや登山者が使うたぐいのものだ。

いま監禁されているのは、廃棄されて久しいトレッカー用の小屋だろう。通常の山道を大きくはずれていて、立ち寄る者のいないところだ。

誘拐されて以来、彼を捕まえた者たちからは二十の言葉もかけられていない。どれも、どら声の命令調、それも片言の英語でだった。すわれ、立て、食え、便所に行け……。だが二日目に、壁の向こうから切れ切れの話し声が聞こえた。ネパール語ができるわけではないが、ネパール語であることくらいはわかった。つまり、ネパール人にさらわれたのだ。しかし、何者だろう？　テロリストか、それともゲリラか？　ネパールでそのたぐいが活動しているなんて聞いたことがない。誘拐団か？　ちがう気がする。身代金の要求に必要な録音や手紙を、いちども強要されていない。虐待されてもいない。食事は定期的に与えられている。飲み物も充分もらっている。寝袋は氷点下の気温にちゃんと対応できるものだ。彼への接しかたも毅然としてはいるが、乱暴なものではない。また彼はいぶかった。何者なのだろう？　どんな理由があって、こんなことをするのか？

これまで、彼らはひとつだけ大きなミスを犯した。感触から登山用ロープと思われるもので手首をしっかり縛りはしたが、小屋に鋭い刃状のものがないか確かめるのを忘れていた。すぐに四つ見つかった。簡易ベッドの四本の脚はどれも、マットレスの上に一〇センチほど突き出ている。雑な切りかたをした木材で、やすりもかけていない。のこぎりの歯とまではいかないが、出発点にはなる。

5

ネパール、カトマンズ

ラッセルとマージョリーは予告どおり、午前九時ちょうどにハイアットの車回しに車を乗り入れた。パッチリした目で微笑を浮かべた双子は、ふたたびサムとレミを握手で迎え、メルセデスの車内へいざなった。空は真っ青で、空気はさわやかだ。

「どちらへ?」ギアを入れて走りはじめたラッセルがたずねた。

「フランク・アルトンが時間の大半を費やしていたと思われる場所はどうかし

ら?」と、レミが言った。

「それなら簡単」と、マージョリーが答えた。「お父さんに送られてきたメールによると、よく出かけていたのは、ここから八キロくらい南東のチョバル峡谷一帯よ。谷からバグマティ川の水がなくなるあたり」

彼らはしばらく黙って進んだ。

サムが口を開いた。「ローマンタンで写真を撮られたのがきみたちのお祖父さんだったとしたら――」

「ちがうと思うんですか?」とラッセルが言い、バックミラーをちらっと見た。

「父はそう信じてますよ」

「あえて反対の立場を取っているだけだ。きみたちのお祖父さんだったとして、なぜそこにいたのか、何か考えは?」

「それが、さっぱり」と、マージョリーが冗談めかして返事をした。

「きみたちのお父さんは、ルイスの仕事のことをよく知らない感じだった。きみたちは?」

ラッセルが答えた。「考古学の仕事、というくらいかな。もちろん、ぼくらは祖父のことは知らなかった。父から聞いただけで」

「変な意味じゃなく、ルイスが何をしようとしていたか、知りたいとは思わなかったのか？　捜索の役に立ったかもしれないのに」

「わたしたち、お父さんの仕事でいつも忙しいし」マージョリーが言った。「だからお父さんは、あなたたちやアルトンさんみたいな専門家を雇うんでしょ」

サムとレミは顔を見合わせた。父親のキングと同じく、この双子も祖父の人生の詳細には関心がないらしい。病的に思えるくらいの無関心さだ。

「あなたたちは、どこの学校に通っていたの？」レミが話題を変えた。

「学校には通っていません」ラッセルが答えた。「自宅で家庭教師についていたので」

「訛りは？」

マージョリーは即答しなかった。「ああ、そのこと。わたしたちは四歳くらいでコネティカット州に送り出されて、叔母のところで暮らしていたの。そこで高校のレベルまで学んでから、ヒューストンに戻ってお父さんの仕事を手伝うようになったの」

「それじゃ、子どものころはあまりお父さんがまわりにいなかったんだ?」と、サム。

「忙しい人だから」

マージョリーの答えに恨みの形跡はみじんもなかった。子どもを十四年間、別の州に追いやって、家庭教師と親類に育ててもらうのが、ごくふつうのことであるかのように。

「おふたりは質問が多いですね」と、ラッセルが言った。

「生まれつき好奇心が強くてね」と、サムが返した。「この仕事にはつきものなんだ」

チョバル峡谷を訪ねて成果があるとはサムもレミも期待していなかったから、がっかりもしなかった。ラッセルとマージョリーは目印になる場所をいくつか示し、お決まりの旅情報をまたいくつか提供した。

車に戻ると、サムとレミは次の場所に連れていってほしいと言った。ダルバール広場の名で知られるカトマンズの歴史の中心で、寺院が五十くらいある。

予想どおり、ここへの訪問も、チョバル峡谷のときと同様、実を結ばなかった。キングの双子を後ろにしたがえて、広場と周辺を一時間歩きまわり、写真を撮って地図を調べてメモを取るところを見せてやるにとどまった。結局、正午前には、ハイアットに戻ってほしいと告げた。

「これで終了ですか?」ラッセルがたずねた。「本当に?」

「ああ」と、サムが言った。

「行きたいところがあれば、どこへでも喜んでお連れしますよ」と、マージョリーが言った。

「その前に、すこし調べものをする必要があるの」と、レミが言った。

「それもお手伝いします」

サムは声をすこし硬くした。「ホテルへ戻ってくれ」

ラッセルは肩をすくめた。「そうおっしゃるなら」

ふたりはホテルのロビーから、走り去るメルセデスを見守った。サムがポケットからiPhoneを取り出して、画面を調べた。「セルマからメッセージだ」

彼は録音メッセージに耳を傾け、そのあと、「セルマがキング一家の情報を、すこし掘り出してくれた」と言った。

部屋に戻ると、サムは電話をスピーカーフォンにして短縮ダイヤルを押した。三十秒ほどパチパチといい、カチッと音がして回線が開いた。セルマが「やっと来ましたね」と応答した。

「キングの双子と旅に出ていてね」

「実りはありましたか?」

「あの二人から一刻も早く逃れる必要がある、という思いが強まった点だけは」と、サムが答えた。「わかったことを教えてくれ」

「まず、おふたりがルイスの家で見つけたデーヴァナーガリー文字の羊皮紙を翻訳できる人が見つかりました」

「すばらしい」と、レミが言った。

「それだけじゃありません。羊皮紙にあった翻訳者だと思います——プリンストン大学のA・カールラミ。ファーストネームはアダラです。年齢は七十歳くらいで、教授をしているんですが……どこのだと思います?」

「さあ」と、サムが言った。

「カトマンズ大学です」

「セルマ、あなたは奇跡の人よ」と、レミが言った。

「いつもなら同意するところですけど、ミセス・ファーゴ、今回はまぐれでしたから。カールラミ教授の連絡先をメールしますね。では、ふたつ目。キング一家の調査で次から次へと涸《か》れ井戸に突き当たって、結局、ループ・ヘイウッドに電話をかけました。情報をつかむたびに送ってくれるんですが、興味深い事実がいくつかわかりました。まず、キングというのはこの一家の本当の名字ではありません。ケーニッヒという元々のドイツ語姓を英語化したものなんです。ルイス[Lewis]というファーストネームも、元々の綴りはLewesでした」

「なぜ名前を変えたの?」と、レミがたずねた。

「現時点ではまだ断言できませんが、いまわかっているのは、ルイスが一九四六年にアメリカへ渡ってきて、シラキュース大学で教職を得たことです。その二年後にチャールズが生まれると、ルイスは息子と母親を置いて世界各地を巡りはじめました」

「次は？」

「ラッセルとマージョリーがネパールでどういう仕事を担当しているのかわかりました。キングの採掘会社のひとつであるＳＲＧ、ストラティジック・リソーシズ・グループは、昨年ネパール政府から――引用すると――〝工業用の金属および貴金属の開発に関連する予備的調査〟を実施する認可を獲得しました」

「つまり、はっきり言うと？」と、レミがたずねた。「いまのは、おそろしくあいまいな表現よ」

「意図的にあいまいにしているんだ」と、サムが言った。

セルマが返答した。「株式公開しているわけではないので、情報が手に入りにくいんです。ＳＲＧが借り受けている採鉱地をふたつ見つけました。どちらもカトマンズの北東です」

「複雑に絡みあった糸」と、レミが言った。「フランクが消息を絶ったのと同じ場所、同じ時期に、あの双子が家業の採掘を監督していて、キング・チャーリーのほうは、この四十年間にヒマラヤ山脈の周辺に姿を見せたという不確定情報しかない父親を探している。わたし、何か言い忘れている？」

「そんなところだ」と、サムが言った。

「ＳＲＧの採掘現場の詳細は必要ですか？」と、セルマがたずねた。

「とりあえず、つかんでおいてくれ」と、サムは答えた。「表面的には関係なさそうに見えても、キング・チャーリーのことだからな」


ハイアットのコンシェルジュにレンタカーを手配してもらい、ふたりはホテルを出発した。サムが運転を引き受け、レミがニッサンのＳＵＶエクストレイルのダッシュボードにカトマンズの地図を広げてナビを務めた。

ホテルを出ると、前回の六年くらい前、カトマンズを訪れたときに学んだ（それ以来忘れていた）数少ない教訓のひとつが、たちまちよみがえってきた。

トリデヴィ・マルグや環状道路《リングロード》のような大通りを除けば、カトマンズの通りにはほとんど名前が出てこない。地図や標識もない。口頭で目印についての指示が与えられるだけだ。その目印は交差点《チョーク》や広場《トレス》がふつうで、ときには寺院や市場にもなる。こういう基準点に不慣れな人間は、地域地図とコンパスに頼るしかない。

サムとレミは運がよかった。カトマンズ大学は彼らのホテルから二〇キロちょっと、街はずれの東の山麓にあった。二十分ほど歯がゆい思いをしたあとアルニコ・ハイウェイが見つかると、道のりは簡単になり、出発からわずか一時間でキャンパスに到着した。

ネパール語と英語で書かれた標識をたどって入口を左へ曲がり、並木道を進んでいくと、野生の花に満ちあふれた楕円形の一角の向こうに煉瓦とガラスの建物が見えてきた。駐車場を見つけ、入口のガラスの扉を通ると、案内所があった。

カウンターにいるインド系の若い女性がオックスフォード風の英語で言った。

「おはようございます、カトマンズ大学へようこそ。ご用件を承ります」

「アダラ・カールラミ教授にお会いしたいんですが」と、レミが言った。

「はい、承知しました。少々お待ちください」女性はカウンターの下のキーボードをたたき、しばらくモニターを調べた。「カールラミ教授はただいま、図書館で大学院生と面会中ですね。三時に終了の予定です」彼女はキャンパス・マップを取り出して、現在位置と図書館の場所を丸で囲んだ。

「ありがとう」と、サムがお礼を言った。

カトマンズ大学のキャンパスは小さなものだった。主要な建物はわずか十数個で、それがひとつの高台に集まっている。下には、緑色の段々畑とこんもりとした森が何キロにもわたって広がっていた。遠くにトリブヴァン国際空港が見える。北側に見えるのは、ハイアット・リージェンシーのパゴダ様式の屋根だけだ。

一〇〇メートルくらい東へ歩いて生垣に挟まれた歩道を進み、左に折れると、図書館の入口に着いた。なかに入り、職員の案内で二階の会議室に向かった。そこに着くと、学生が一人出ていくところだった。なかの丸い会議用テーブルに、ふっくらとした体つきに明るい赤と緑のサリーをまとった、インド系の年配の女性がすわっていた。

レミが声をかけた。「失礼ですが、アダラ・カールラミ教授でいらっしゃいますか?」

女性は顔を上げ、黒縁の眼鏡越しに注意深くふたりを見つめた。「はい、わたしがそうです」彼女の英語にはきつい訛りがあったが、英語を話すインド系の多くに共通する音楽的な響きも感じられた。

レミが自己紹介をしてサムを紹介し、そのあと、すわってかまいませんかとたずねた。カールラミはうなずき、向かいにあるふたつの椅子を示した。サムが、

「ルイス・キングという名前にお心当たりはありませんか？」とたずねた。

「ブリーのこと？」彼女はなんのためらいもなく返答した。

「はい」

彼女は満面に笑みを浮かべ、前歯の間の広いすきまをのぞかせた。「ええ、覚えていますよ、ブリーのことは。わたしたちは……友だちでした」彼女の目に宿ったかすかな光から、その関係は友情を超えたものだったのだろう、とファーゴ夫妻は推測した。「わたしはプリンストン大学の一員だったのですが、一時的にトリブヴァン大学に出向しておりました。カトマンズ大学が創設されるずっと前のことです。ブリーとは社交の催しのたぐいで出会いました。なぜこんな質問を？」

「わたしたち、ルイス・キングを探しているんです」

「ええと……幽霊ハンターなの、あなたたちは？」

「つまり、彼は亡くなったと思っていらっしゃるわけですね」と、レミが言った。

「ああ、確信があるわけじゃないのよ。たしかに、彼が周期的に姿を現わすという噂は耳にしたことがありますけど、わたしは見ていないし、彼が写った写真も見ていません。少なくとも、ここ四十年くらいは。もし生きているなら、わたしに会いにきているはずだと思いたいし」

サムは旅行かばんからマニラフォルダーを取り出し、デーヴァナーガリー文字が書かれた羊皮紙のコピーを抜いて、テーブルのカールラミの元へすべらせた。

「これが何かわかりますか？」

彼女はしばらくじっと見つめた。「はい。それはわたしの署名です。ブリーのために翻訳したことがあって。たしか……」カールラミは口をすぼめて考え、「一九七二年に」と言った。

「これのお話をうかがえませんか？」サムが言った。「ルイスはどこでこれを見つけたと言っていました？」

「聞いていません」

レミが言った。「わたしにはデーヴァナーガリー文字に見えるんですが」

「とても優秀なのね、あなた。おしいけど、不正解。これはロワ語です。死に絶えた言語とまでは言わないけど、めったに見られないもので。最新の評価によれば、いま現在、母語としてロワ語を話しているのは、わずかに四千人。彼らがいるのはおもに、この国の北部の中国国境に近いところで、かつて――」

「ムスタンだったところ、ですか」と、サムが推測した。

「ええ、そのとおりよ。それに、あなた、正しく発音したわね。すばらしいわ。ロワ語を話す人々はローマンタンとその周辺に住んでいるんです。あなたたちはムスタンのことを知っていたの？　それとも、ただの当てずっぽう？」

「当てずっぽうです。ルイス・キングの居場所について、いまつかんでいる手がかりは、彼が写っているとされる写真一枚きりでして。一年前にローマンタンで撮影されたものです。羊皮紙はルイスの自宅で見つけました」

「その写真はお持ち？」

「いえ」とレミが言い、サムをちらっと見た。ふたりの見合わせた顔は、どちらも、なぜあの写真のコピーをもらわなかったのか、と言っていた。初歩的なミスだ。「でも、手に入れることはできるはずです」

「あまり大変でなければ、お願いします。本当にブリーの写真なら、見分けがつくと思いたいし」

「キングのことで、最近、あなたに会いにきた人はいなかったですか？」

カールラミはまたためらって、人差し指で軽く唇をたたいた。「一年前か、もしかしたらもうすこし前かもしれないけど、若い二人がここに来ました。奇妙な見かけの人たちで――」

「双子ですか？　シルバーブロンドの髪で、すこしアジアっぽい顔つきをした？」

「それよ！　あまり好きになれなかったわ。こう言うと穏やかじゃありませんけど、正直に言いますね。あの人たちには、どこか引っかかるところがあって……」カールラミは肩をすくめた。

「どんなことを訊かれたか、覚えていますか？」

「ブリーについて、一般的な質問だけ。彼から昔もらった手紙がないかとか、あの地域でどんな仕事をしていたのかを、彼から聞いていないかとか。彼らの力にはなれませんでした」

「この羊皮紙のコピーは持っていなかったですか？」

「なかったわ」

サムがたずねた。「元々の羊皮紙に翻訳はついていませんでした。あったのは、訳者の名前だけで。力をお借りできませんか？」

「どんな話か、ざっとなら、ここで教えられますが、全訳となるとすこし時間がかかります。ご希望なら、今夜やってもかまいません」

「ありがとう」レミが言った。「心から感謝します」

カールラミ教授は眼鏡を調節して、羊皮紙を自分の前に置いた。テキストの行にゆっくり指を走らせ、声に出さずに唇を動かしていく。

五分後、彼女は顔を上げた。そしてコホンと咳《せき》ばらいをした。

「これは勅令のたぐいです。ロワ語のフレーズは英語に置き換えづらいんですが、これは公式の命令です。その点はまちがいありません」

「日付はありますか？」

「いえ。だけど、ここ、左上の隅で、テキストの一片がなくなっています。元々の羊皮紙にはありました？」

「いえ、そのままを写真に収めましたから。あなたのご覧になったオリジナルには日付があったかどうか、覚えていらっしゃいますか？」

「いいえ、残念ながら」

「あえて推測していただくことは？」

「保証のかぎりではありませんが、六百年か七百年くらい前のものだったと推測します」

「続けてください」と、サムがうながした。

「これも、全訳をお待ちいただかないと……」

「わかりました」

「これはある兵団への命令です……〈哨兵〉と呼ばれた特別な兵士たちへの。彼らはある種の計画を遂行するよう指示を受けました。内容は別の文書に詳述されていたと思います。その計画とは、〈テウラン〉と呼ばれるものを保管されている場所から取り出し、安全な場所へ運ぶというものでした」

「それはなぜ？」

「侵略に関係がありました」

「テウランがどういうものかは、説明されているんですか？」

「されていなかったと思います。ごめんなさい、わたしにはほとんどなじみがない内容なの。そのうえ、四十年前のことだし。テウランを覚えているのは、変わった単語だったからだけど、どういうものかは詳しく調べなかったと思います。わたしは古典の教師にすぎないので。でも、テウランのことなら、ここのスタッフで力になれる人がいるはずです。調べてみますね」

「感謝します」と、サムが答えた。「あなたが翻訳したとき、ルイスがどんな反応を示したか、覚えていますか？」

カールラミはにっこりした。「大喜びしていたと記憶しています。といっても、ブリーは情熱に事欠かない人でしたから。すばらしく充実した人生を送っていましたよ、あの人は」

「どこでこの羊皮紙を見つけたか、話していませんでしたか？」

「話していたとしても、わたしは覚えていません。たぶん、今夜、これを翻訳しているうちに、もうすこし記憶が甦ってくるとは思いますけど」

「最後にもうひとつだけ質問ですが」レミが言った。「ルイスが消息を絶ったときのことを、何か覚えていらっしゃいませんか？」

「ああ、はい、覚えています。その日の朝、わたしたちはいっしょに過ごしたんです。昼食を兼ねた遅い朝食を取りに、川へピクニックに出かけました。この街の南西側にあるバグマティという川に」

サムとレミは同時に身をのりだした。サムが、「チョバル峡谷ですか?」と訊いた。

カールラミ教授はにっこり微笑み、サムを見てうなずいた。「そうよ。どうしてわかったの?」

「まぐれです。それで、ピクニックのあと?」

「ルイスはリュックを持ってきていました——ふだんから、よく持ち歩いていたんです。たえず動きまわっていましたから。うららかな日でしたね。暖かくて、空は雲ひとつなく澄みきっていて。わたしの記憶では、わたしが何枚か写真を撮りました。新型のカメラを持ってきていて。ポラロイドのインスタント・カメラのひとつで、折り畳めるものでした。当時は科学の驚異だったんです」

「お願いですから、いまもその写真はあると言ってください」

「あるかもしれません。息子の技術に頼ることになりますけど。ちょっと失礼」

カールラミ教授は立ち上がり、サイドテーブルに歩み寄ると、電話の受話器を持ち上げてダイヤルした。ネパール語で二分ほど話をし、そのあとサムとレミを見やって、受話器の口を手で押さえた。「メールを使える携帯端末はお持ち?」

サムがメールのアドレスを告げた。

カールラミはさらに三十秒ほど電話で話し、それからテーブルに戻ってきた。そしてため息をついた。「息子ときたら。そろそろデジタル時代に入れ、なんて言うのよ。先月、息子はわたしの古いアルバムを全部〝スキャン〟しはじめて――この言葉で正しかったかしら? ピクニックの写真は先週終わっていました。あなたのところに送ってくれるそうです」

「感謝します」サムが言った。「ご子息にも」

「ピクニックに行って、そのあとは……?」

「食事をして、お話をして――午後の早い時間だったと思いますけど――別れました。わたしは車で帰ったんです。最後に見た彼は、チョバル峡谷の橋を渡っているところでした」

6

ネパール、カトマンズ

ふたりは車でチョバル峡谷へ急行した。まず西に向かい、アルニコ・ハイウェイに乗って市街のほうへ折り返した。街のはずれで南に折れて、環状道路《リングロード》に乗り、そのままカトマンズの南端にそってチョバル地域へ向かった。チョバルからは、ふたつの標識をたどっていくだけの単純な道のりだ。カールラミ教授の元を去った一時間後、午後五時には、峡谷の北の断崖を見晴らすマンジュシュリ公園に乗り入れた。

車を降り、脚を伸ばす。サムはｉＰｈｏｎｅにメールが届いていないか調べた。この一時間、ずっとこの確認を続けてきた。彼の首は横に振られた。「まだ届いてない」

レミが両手を腰に当てて周囲を見まわした。「何を探したらいいの？」

「〝ブリーはここにいた〟というネオンサインが点滅している、巨大な庇《ひさし》があると嬉しいんだが、はっと目をみはるようなものはないようだ」

じつのところ、ふたりとも、何かがあるという自信があったわけではない。偶然に毛の生えたくらいの根拠でここへ来たのだ——フランク・アルトンもルイス・キングも、消息を絶つ前にここで最後の時間を過ごしていた、という。しかし、彼らの知るアルトンが、なんの理由もなしにここへ来たとは思えなかった。

近くのベンチで二人の男が早めの夕食を取っているのを除けば、公園は人気《ひとけ》がなく閑散としていた。公園といっても、低木の茂みと竹林と渦巻状のハイキングコースに覆われた低い丘にすぎない。サムとレミは入口の砂利道を歩いて進み、チョバル峡谷の谷頭まで曲がりくねった細い道をたどっていった。主要な橋はコンクリートでできていて、車が通れるだけの幅があったが、谷の低いところと反対側の岸へは、厚板とワイヤーロープでできた三つの吊り橋を渡るしかない。どれも異なる高さにあるが、ハイキングコースでたどり着くことができる。峡谷のどちら側の斜面にも小さな寺院がいくつか立っていて、その一部を密生した木々が隠していた。一五メートルくらい下を流れるバグマティ川が、一群の大きな岩に砕けては泡を立てている。

橋のたもとに取り付けられた情報標識に、レミが歩み寄った。英語版を読み上げる。

「チョバル峡谷はバグマティ川の形作る細い谷で、カトマンズ盆地唯一の流出口である。カトマンズ盆地にはかつて巨大な湖があったと考えられている。マンジユシュリが初めてこの盆地に出くわしたとき、水面に蓮《ハス》が見えた。彼がこの斜面を切り開いて湖から水を排出し、そのあとに残ったのが現在のカトマンズである」

「誰だい、マンジュシュリというのは?」と、サムがたずねた。

「確信はないけど、あえて推測すれば、菩薩みたいな人でしょうね――悟りを開いた人のことよ」

サムはうなずきながらメールをチェックした。「来た。カールラミ教授の息子からだ」

彼とレミは夕日を避けるために、近くの木に歩み寄った。サムが写真を呼び出す。全部で五枚あった。スクロールしていく。どれもしっかりデジタル化されていたが、いかにも古いポラロイド写真という風情があった。色がわずかにあせて、すこし不自然さが感じられるのだ。最初の四枚には、若き日のルイス・キングとアダラ・カールラミが写っていた。二人とも毛布の上に横になったりすわったりしていて、そのまわりに皿とグラスとピクニック用品が並んでいた。

「いっしょに写っているのが一枚もないわ」と、レミが指摘した。

「タイマーがなかったんだ」と、サムが返した。

五枚目はルイス・キングのだった。顔がすこし横を向いている。背負っているのは、昔のフレーム式のバックパックだ。

ふたりでもういちど写真を吟味した。サムが大きなため息をついて、「期待はずれか」と言った。

「がっかりするのはまだ早いわよ」とレミが言い、体をかがめて、iPhoneの画面に目を近づけた。「彼が右手に持っているもの、見える？」

「ピッケルだ」

「ちがうわ、よく見て」

サムが目を近づけた。「洞窟探検用のピッケルか」

「背中に留めているものを見て。寝袋の左。その曲線は何かわかるはずよ」

サムはさらに画面に目を凝らした。顔に笑みが広がった。「どうしてこれを見逃したんだ。いや、まいった。これはヘルメットだ」

レミがうなずいた。「ヘッドランプが付いているわ。ルイス・キングは洞窟の探検に出かけようとしていたのよ」


何を探せばいいのか、よくわからないなりに、彼らは自分たちが正しいことを願っていた。そして、わずか十分でそれは見つかった。反対岸の橋頭近くに、屋根つきで正面が開いたあずまやがあった。木のポストにパンフレットが差しこまれていた。峡谷のレクリエーション・マップを見つけ、数字のついた地点とそこの説明書きをざっと調べていく。

橋から一・五キロほど上流の北側の岸に、〝チョバル洞窟。一般人、立入禁止。許可なく立ち入らないこと〟という注意書きがあった。

「大ばくちね」と、レミが言った。「わたしたちの知るかぎり、ルイスは山中に向かっていっただけで、フランクは行方がわからなくなっただけなんだから」

「大ばくちはぼくらの十八番《おはこ》だろ」と、サムが指摘した。「それに、選択肢は、これに賭けるかラッセルとマージョリーともう一日過ごすかだぞ」

この言葉が利いた。「カトマンズに〈REIアウトレット〉（アウトドア用品店）がある確率はどれくらい？」と、レミが言った。


思ったとおりREIはなかったが、かわりに、ダルバール広場の何ブロックか西にネパール軍の払い下げ品取扱店が見つかった。現代的とはとても言えないが、そこそこ質のいいものを購入できた。ふたりとも、チョバル洞窟を探検すれば目的に近づけるという確信などこれっぽっちもなかったが、行動を起こすのは気分がいいものだ。疑わしきは何かせよ、どんなことでもかまわない――これが彼らのモットーのひとつになっていた。

七時ちょっと前にハイアットに戻り、駐車場に車を乗り入れた。サムが車を降りると、ラッセルとマージョリーが車回しの天幕の下に立っていた。

「三時の方向に山賊あり」と、サムがつぶやいた。

「げげっ」

「テールゲートは開けるな。やっこさんたち、ぼくらに同行したくなるからな」

ラッセルとマージョリーがゆっくり走って彼らのところへやってきた。「やあ」と、ラッセルが言った。「心配していたんですよ。どんなぐあいかと立ち寄ってみたら、車を借りて出かけていったとコンシェルジュが言うじゃないですか」

「だいじょうぶでした?」と、マージョリーがたずねた。

「二回襲われたわ」と、レミがさりげない表情で答えた。

「それと、騙されて山羊と結婚させられるところだった」と、サムが付け加えた。

一瞬の間を置いて、キングの双子たちが破顔一笑した。「なんだ、冗談ですか」ラッセルが言った。「わかりました。でも、真面目な話、外はぶらつかないほうが——」

サムが話をさえぎった。「ラッセル、マージョリー、いまから言うことをよく聞いてくれ。いいか？」

ふたつ、うなずきが返ってきた。

「ここだけの話、われわれは、きみたちのどちらも知らないような国をたくさん旅してきた——二人が知っているのを合わせた数よりたくさんだ。きみたちの力添えと……情熱には感謝するが、これから先は、きみたちが必要になった場合にかぎり、こちらから連絡する。それ以外は放っておいて、われわれがここに来た目的を遂行させてもらいたい」

ラッセルとマージョリーは口を半開きにして彼を見つめた。彼らはちらっとレミを見たが、レミは肩をすくめるだけだった。「本気の話よ」

「わかったか？」と、サムがたずねた。

「あ、はい、わかりました。でも、父から——」

「それはきみたちが解決すべき問題だ。われわれと協議したければ、お父さんは連絡する方法を知っている。ほかに質問は？」

「つれないんですね」と、ラッセルが言った。

「わたしたち、ただお手伝いしようとしているだけなのに」と、マージョリーが言い足した。

「だから、きみたちには感謝してきた。丁寧な対応もそろそろ限界だぞ。帰ってくれないか。こっちの手に負えない面倒が起こったら、連絡する」

キングの双子はまたすこしためらったが、きびすを返して、メルセデスに戻っていった。車を発進させて、サムとレミのそばをゆっくり通り、ラッセル側の下ろした窓からふたりをにらみつけ、それからスピードを上げて離れていった。

「殺意のこもった目」と、レミが言った。

サムがうなずいた。「いまのがあの双子の本当の顔かもしれないな」

7

ネパール、チョバル峡谷

翌朝、日の出前に峡谷に着きたいと考えて、四時前に出発した。チョバル洞窟の立入禁止規則がどれくらい厳密に実施されているかは——この地域がそもそも警察の監視を受けているのかさえ——見当がつかなかったが、危ない橋は渡らずにすませたい。

五時にマンジュシュリ公園に車を乗り入れ、木の下になって主要道路から見えない場所を見つけた。ヘッドライトを消し、ニッサンのエンジンが冷えていくチッチッチという音に二分ほど耳を傾けてから、車を降り、テールゲートを開けて道具を集めた。

「あの子たち、本当に尾けてくると思う?」レミがリュックを背負いながらたずねた。

「考えるまでもないと思うな。あいつらは骨の髄まで悪《ワル》みたいな気がするし、キングがぼくらの手伝いを命じたはずはない。あの二人には監視を命じたんだ」

「わたしも同感。あなたの率直な話が功を奏せばいいんだけど」

「そいつは疑わしいな」とサムが言い、テールゲートをバタンと閉めた。

昇る朝日に導かれて橋のたもとに向かった。地図にあったとおり、橋の二〇メートル東に竹林があり、その奥に小さな道があった。サムを先頭に、川の上流へ向かう。

道幅は一メートルくらいで、手入れの行き届いた砂利に覆われていた。最初の五〇〇メートルくらいは楽に進めたが、標高が上がるにつれて、やがて状況は変化した。幅が狭くなり、ひとしきりジグザグが続く。木の葉の群れが迫り、ところどころで頭上が樹冠に覆われた。右下からはゴボゴボと、川の流れる柔らかな音が聞こえてきた。

やがて道がふたつに分かれた。左の道は真東へ、右は川へ向かっていく。ふたりはしばらく足を止めて、地図とサムのｉＰｈｏｎｅで現在地をダブルチェックし、右の道を選んだ。それから五分くらい歩くと、四五度くらいの斜面が出てきて、そこに粗く削り出した階段が作られていた。ふもとに着くと、道ではなく、いかにもおっかなそうな吊り橋が待っていた。左側がラグボルトで断崖に固定されている。植物の蔓がはびこって、支材とワイヤーにぎゅっとからみついているため、橋は人工物のようであると同時に、自然の産物のような趣もあった。

「ちょっと、ウサギの巣穴を見下ろしている気分」と、レミがつぶやいた。

「うーん」サムが言った。「興味深い」

「あなたがそう言ったときは〝危険〟という意味と解釈するようになっちゃった」

「傷つくなあ」

「どこまで続いているか、見える?」

「いや。崖の側をぴったり離れずに行け。ワイヤーが切れても、蔓は持ちこたえてくれるかもしれない」

「またまたすてきなお言葉ね、〝かもしれない〟なんて」

サムが一歩足を踏み出し、最初の板にゆっくり体重をかけた。かすかにきしみをたてただけで、木はしっかり持ちこたえてくれた。もう一歩、用心深く進み、また一歩、さらに一歩と進んで、三メートルを踏破した。

「いまのところ、だいじょうぶだ」彼は肩越しに呼びかけた。

「じゃあ行くわ」

結局、橋の長さはほんの三〇メートルくらいだった。渡った先にも山道が続いていた。最初は螺旋《らせん》を描くように斜面を下り、また上がっていった。前方の木々がまばらになってきた。

「第二ラウンド」と、サムがレミに言った。

「えっ?」と彼女は言い、彼の後ろで急停止した。「まいったなあ」

また吊り橋があった。

「ひとつの傾向が出てきたみたい」と、レミが言った。

彼女の言うとおりだった。ふたつ目の橋を渡りきると、また小さな道がひとしきり続き、こんども橋が現われた。そのあと四十分くらいこのパターンが続いた。道、橋、道、橋。最後に、五本目の道でサムが停止を命じ、地図とコンパスを調べた。「近づいてきたな」と、彼はつぶやいた。「下のどこかに洞穴の入口があるはずだ」

二手に分かれて、道のどこかから下へ行く方法がないか探した。レミが発見した。川のある側に、木の幹から錆《さ》びたケーブル梯子《はしご》がぶら下がっていた。サムは腹這いになり、レミに両手でベルトをつかんでもらうと、草むらのなかを前へ向かった。しばらくして、体をうごめかせるようにして後ろへ戻ってきた。

「下に岩棚があるんだが、梯子はその二メートルくらい上で終わっている。飛び下りなくちゃならない」

「もちろん、飛び下りますとも」レミが引きつった笑みを浮かべて返した。

「まず、ぼくが行こう」

レミは四つん這いのまま体を前にのりだし、サムにキスをした。「あなたのほうがブリー・キングより上手《うわて》よ」

サムが微笑んだ。「きみもだよ」

リュックを脱いでレミに渡し、横歩きで草むらのなかを進んだ。木の幹に腕を巻きつけて、すこしずつ下りていく。宙ぶらりんの足で探っていくと、梯子の最上段が見つかった。

「乗った」彼はレミに言った。「下りはじめるぞ」

サムの姿が見えなくなった。三十秒後、彼が、「着いた。縁からリュックを放ってくれ」と呼びかけた。レミは腹這いで前に出て、ひとつ目を落とした。

「受け取った」

ふたつ目のリュックを落とす。

「受け取った。下りてこい。どうすればいいか説明する」

「すぐ行くわ」

レミは最後の段にたどり着くと、最後から二段目に手でつかまって宙ぶらりんになり、サムが手を伸ばして彼女の太股に腕を巻きつけた。「よし、いいぞ」

手を放したレミを、サムが岩棚の上に下ろした。レミはゆがんだヘッドランプを調節してからあたりを見まわした。彼らが立っている岩棚は幅が二メートルたらずで、川の上に若干突き出ていた。崖の壁面に、楕円形に近い洞穴があった。岩のすきまにねじこんだ金網塀で入口がふさがれている。塀の左下隅が岩から剝がれていた。白地に赤い文字の看板が岩に張りつけられ、ネパール語と英語の両方で以下のように記されていた。

危険

立入禁止

入ってはいけません

言葉の下に、髑髏《どくろ》と交差した骨が雑に描かれていた。

レミが微笑んだ。「見て、サム。〝変わったもの〟を表わす普遍的なシンボルよ」

「面白いことをいう奥さまだ」と、彼は返した。「洞窟探検の準備はいいか？」

「その質問にノーって答えたことあった？」

「いちどもないよ。きみの心臓に祝福あれ」

「先導はお願いね」


洞穴が立入禁止になっているのは、好奇心の強い探検者が迷いこんだり怪我をしたりしてはいけないからではないかという疑いは、塀のすきまを這って通り抜けると、たちまち確認された。体を押し上げて立ち上がろうとしたそのとき、サムの腕が前腕よりわずかに広い床の裂け目につるっとはまりこんだ。ゆっくり動いてなかったら、骨折していただろう。歩いていたら、足首をやられていた。

「不吉な前兆か？　それとも、ただの警告か？」助け起こしてくれたレミに苦笑を浮かべつつ、サムがたずねた。

「後者を取りたいわ」

「きみを愛する六百四十番目の理由」と、彼は返した。「つねに楽観的なところ」

ふたりは懐中電灯でトンネルをぐるりと照らした。サムが両手をいっぱいに広げられるくらいの幅はあったが、高さはレミの身長より何センチか高いだけで、サムは体をかがめなければならなかった。地面はごつごつしていて、化粧しっく

い を百倍に拡大したみたいな感じだ。

サムが首を回して、くんくんにおいを嗅いだ。「乾いたにおいがする」

レミが天井と壁に手のひらを走らせた。「触った感じもよ」

うまくいけば、湿気のもたらす問題はなしですみそうだ——めったなことでは乾いていても、洞穴の探検にはそれなりの危険がともなう。水は危険を招く。ちょっとしたことで、床や天井や壁がくずれることもある。もちろん、バグマティ川の見えない支流が下を流れているかもしれないから、洞穴の構造がとつぜん変わることはある。

サムを先頭に、前進を開始した。トンネルが大きく左へ曲がり、そのあと右へ曲がったところで、いきなり最初の障害が現われた。これは人工物でもあった。地面と天井に埋めこまれた垂直の鉄棒が、壁から壁まで並んでいた。

「立入禁止は本気のようだな」とサムが言い、懐中電灯で錆びた鋼鉄を照らした。入口の金網塀をうまく通り抜けながら、ここで阻まれた、好奇心の強い探検者が何人いたのだろう、と思った。

レミが鉄棒の前で膝を折った。一本一本揺すってみる。四度目の試みで金属がギーッと音をたてた。彼女は肩越しに振り向いて、笑顔でサムを見た。「酸化のおかげね。手を貸して」

ふたりで棒を前後左右に動かしていくと、受け口のなかでゆるみはじめた。天井から岩のかけらと埃がどっと降りそそぐ。二分くらい取り組むと、一本の棒がはずれて地面に倒れ、ガチャンという音がトンネルに響き渡った。サムが棒をつかんで、すきまから引き寄せた。両端を調べる。

「切断されている」と彼はつぶやき、レミにそこを見せた。

「アセチレン切断機？」

「焦げ跡がない。弓のこじゃないか」

空になった地面の受け口を懐中電灯で照らすと、何センチか下に残りの金属が見えた。

サムはレミを見た。「謎は深まる。これまでに、誰かここに来た人間がいるんだ」

「その人は、誰にもそのことを知られたくなかったのね」と、レミが言い足した。

サムがコンパスで方位を確かめ、モールスキンのノートに大まかな地図を描いたあと、ふたりはすきまをくぐり抜けて棒を嵌めなおし、先へ進んだ。トンネルがジグザグになり、幅が狭くなってきて、やがて天井の高さも一二〇センチくらいになり、サムとレミのひじが壁にぶつかりはじめた。地面が下へ傾斜していく。ふたりは懐中電灯を消して、ヘッドランプを点けた。地面の傾斜がきつくなり、突き出た岩を手がかりと足がかりにしながら、三〇度くらいの下り坂を横歩きで進んだ。

「ストップ」レミがとつぜん言った。「耳を澄ませて」

近くのどこかからゴボゴボと水の流れる音がした。

サムが、「川だ」と言った。

さらに五メートルほど下ると、トンネルが短い廊下のように平らになった。サムが腕をすこし外に開き、肩を交互に動かしながら進んでいくと、こんどはまた上りになりはじめた。

「垂直に近いぞ」と、彼は後ろに呼びかけた。「慎重にやれば、フリークライミングでいけそうな気が——」

「サム、これを見て」

向き直って、レミのところへ戻ると、彼女は首を伸ばして壁を見つめていた。彼女が照らすヘッドランプの光のなかに、五十セント硬貨くらいの物体が突き出ていた。

「金属みたいだな」と、サムが言った。「よし、上に乗れ」

サムが膝をつき、レミはその肩に乗った。サムはゆっくり立ち上がり、レミに壁で体を支える時間を与えた。しばらくして、彼女が言った。「鉄道レール用の大釘よ」

「なんだって？」

レミが重ねて言った。「鉄道レール用の大釘。天井まで岩に埋めこまれているわ。ちょっと待って……できそう……えい！　固いけど、何センチか前に引き出せたわ。もう一本あったわよ、サム、五〇センチくらい上に。また一本。まっすぐ立ち上がるわよ。いい？」

「よし」

彼女はサムの肩の上でまっすぐ立ち上がった。「並んでいるわ」と彼女は言った。「棚みたいな形のところまで、五メートルくらい続いてる」

サムがつかのま考えた。「二本目も引き出せるか？」

「待って……。できた」

「よし、下りろ」と、サムが言った。彼女が地面に戻ると、サムが「健闘を称える」と言った。

「どうも」と、レミが返した。「なぜ地面からこんな高いところにあるのか、理由はひとつしか考えられない」

「気づかれないようにだ」

彼女はうなずいた。「かなり古そうよ」

「一九七三年ごろとか？」サムがルイス・キングの失踪した年を口にした。

「かもね」

「ぼくの見当違いでなければ、ブリーか別の幽霊洞窟探検家が自分で梯子を作ったんだ。しかし、どこへ行くためだ？」

サムの声の反響が小さくなっていくなか、ふたりはヘッドランプの光で壁をぐるりと照らした。

「突き止める方法はひとつしかない」と、レミが言った。

8

ネパール、チョバル峡谷

突き出た大釘が垂直に並んだ梯子となると、サムといえども楽には上がれない。上がるといっても、もちろん、最初の段に足が届けばの話だ。そのためにロープをほどいて、片方の端に引き解け結び《スリップ・ノット》で輪を作り、二分ほどかけてロープを投げ、ふたつ目の大釘をとらえにかかった。成功すると、次に、ひとつ目の釘に足をのせるため、プルージック・ノットという結びかたでロープにパラシュートコードであぶみを作った。あとは、釘を前に引き出しては一段ずつ登っていけばいい。

いちばん下の段に片足を置き、左手でふたつ目の段をつかむと、スリップ・ノットをはずして、ハーネスに留めた。それから上に手を伸ばし、三つ目の大釘をすこし引き出して、上へ向かいはじめた。作業開始から五分でてっぺんにたどり着いた。

「試してみたいわけじゃないが」サムが下に呼びかけた。「大釘がなくても登れるだけの手がかりはある」

「それでも、釘を配置するには技術が必要だったはずよ」

「力もな」

「何が見える？」と、レミが呼びかけた。

サムが伸ばした首を巡らしていき、ヘッドランプの光が岩棚の上を照らしだした。「トンネル状の狭い空間《クロールスペース》だ。ぼくの肩幅ほどもない。待ってろ、ロープを投げ下ろすから」

上から二番目の大釘を引き抜き、かわりにＳＬＣＤと呼ばれるカム・ディバイスを取り付けて穴に固定した。これにまず輪状のカラビナを取り付け、それからロープを通す。そして、ロープを巻いたかたまりをレミに投げ落とした。

「受け取った」と、彼女が報告した。

「そこで待ってろ。この先を偵察してくる。行き止まりなら、ふたりで上がってもしかたがない」

「二分したら、あとに続くわ」

「あるいは、悲鳴とドサッという音が聞こえたら。どっちが先かわからないが」

「悲鳴もドサッも許しませんからね」と、レミが戒めた。

「すぐ戻る」

サムは自分の位置を調節し、いちばん上の大釘に両足を置くと、岩の出っ張りに手をかけた。大きく息を吸い、脚を折り畳んでジャンプすると同時に腕で体を引き上げると、出っ張りの上に上半身が乗った。そのままじわじわ前へ這い進むと、やがて足も出っ張りに乗った。

ヘッドランプで見えるのは、前方三、四メートル程度にすぎない。その先は漆黒の闇だ。人差し指をなめて、まっすぐ立てた。空気はまったく動いていない。喜ばしい兆候ではない。入るのは簡単で、出るのは難しいのが、洞穴のつねだ。今回だから、まともな洞窟探検家は別の出口がないか、かならず目を光らせる。

のような地図のない場所ではなおさらだ。

サムは腕時計を顔の前に持ち上げて、クロノメーターをスタートさせた。レミから与えられた時間は二分。妻のことはよくわかっている。二分を一秒でも過ぎたら、彼女は登ってくる。

這って前に進みはじめた。道具がガチャガチャ岩盤をこすり、狭い空間に騒々しい音をたてた。「何トンもの」という言葉が頭に湧《わ》き上がった。いまこの瞬間、自分の上に何トンもの岩がある。その考えを無理やり頭から追い払って、進みつづけた。こんどは、ゆっくり進むようにした。脳の本能的な部分が、〝世界がくずれ落ちてこないよう、慎重に進め〟と告げていた。

六メートル来たところで、止まって腕時計を確かめた。一分経過。また進みはじめた。トンネルが左に曲がり、右に曲がり、上へ傾斜しはじめた。最初はゆるやかだったが、しだいに角度がきつくなってきた。煙突を相手にするときのように、登りかたを修正する必要が出てきた。九メートルまで来た。ふたたび時間を確かめる。残るは三十秒。地面のこぶを乗り越えると、それまでより広く平らな区画に出た。ヘッドランプが照らす先に、クロールスペースの二倍くらいの広い穴があった。

首を伸ばし、肩越しに呼びかけた。「レミ?」

「はあい!」と、かすかな返事が返ってきた。

「何かあった!」

「すぐ行く!」


後ろからレミが這い進む音がして、ヘッドランプの光が壁と天井に押し寄せてきた。彼女はサムのふくらはぎをつかみ、愛情をこめてぎゅっと握り締めた。

「だいじょうぶだった?」

医学的に閉所恐怖症と診断されているわけではないが、狭い空間に入ると、サムには自制を働かせる必要が出てくる。いまがそのときだ。想像力の豊かさにはマイナス面もあるということね、とレミは言っていた。〝起こりうる〟が〝起きそう〟になり、ただの安定した洞穴が、どんと突き当たっただけで奈落へくずれ落ちていく死の罠に変化する。

「サム、聞こえてる?」と、レミがたずねた。

「ああ。頭のなかでウィルソン・ピケットの《イン・ザ・ミッドナイト・アワー》を練習していた」

サムはピアノが上手く、レミはバイオリンが得意だ。時間が許せば、ときどき二重奏の練習をする。作曲家ウィルソン・ピケットの曲はクラシックの楽器には容易になじまないのだが、アメリカの古いソウルを愛するふたりはその挑戦を楽しんでいた。

「何がわかったの?」と、レミがたずねた。

「もっとたくさん練習が必要だってことさ。ぼくのブルースの歌声にも、もっと——」

「前方のことよ」

「ああ。穴があった」

「先に行って。このクロールスペースは、わたしにも狭すぎるから」

レミから見えないところでサムは微笑んだ。これは妻の気遣いだ。サムの男の自尊心はもろくはないが、男の顔をすこし立ててやるのが女の嗜《たしな》みであることも、レミは心得ていた。

「じゃあ、出発だ」とサムは答え、前に進みはじめた。

三十秒もすると出口にたどり着いた。サムがすこし前に出ると、頭が通り抜けた。彼は周囲を見まわして、肩越しに言った。「地面に直径三メートルくらいの丸い穴が開いている。底は見えないが、水のゴボゴボいう音が聞こえる。たぶん、バグマティ川の地下支流だな。真向かいにまた別のトンネルの入口があるが、ここより三、四メートル高いところだ」

「まあ、うれしい。壁はどんな感じ？」

「斜めに傾いた石筍《せきじゅん》が何本かある。いちばん大きいのは野球のバットくらいの太さがあるが、ほかのはその半分くらいだ」

「穴に都合よく大釘の梯子が打ちこまれたりしていない？」

サムはまた目を向け、縦穴の壁をヘッドランプの光でぐるりと照らした。「ない」と後ろに答えた声が反響した。「しかし、ぼくの頭の真上に槍がぶら下がっている」

「なんですって？　まさか――」

「そうだ。革ひものようなもので壁に取り付けてある。槍の下にひもがぶら下がっていて、木のかけらが付いている」

「罠かしら」と、レミが考えを口にした。

「ぼくも同じことを考えた」

これまでにも、墓穴や要塞や原始的な掩蔽壕《えんぺいごう》のなかで同じような罠を見たことがあった。侵入者の企みをくじくために設計されたものだ。この槍の罠がどれくらい古いものかはわからないが、たぶん、疑いを持たない侵入者の首を突き刺すために考案されたものだろう。問題は、何を守るために作られた罠かだ、とサムとレミは思った。

「どんな槍か説明して」と、レミが言った。

「見えやすくする」サムは仰向けになって天井に足をつけ、上半身が穴から突き出るまで体をのたくらせた。

「気《ケ》を《ア》つけて《フル》……」と、レミが注意した。

「……は、わがミドルネーム」サムがオースティン・パワーズの台詞をもじって受けた。「うーん、こいつは興味深い。槍は一本だけだが、取り付け場所がもう二カ所ある。残りの二本は落ちたか、犠牲者を見つけたかだ」

手を伸ばし、槍先の上で柄をつかんで引いた。腐りかけた感じなのに、革ひもは驚くほど強靭だ。柄をあちこち動かして、ようやくひもがはずれた。槍をあれこれ動かし、バトンのように回したあと、体の横からレミのほうへすべらせた。

「受け取った」と、彼女は言った。しばらくして、「見たことのないものだわ。わたしは武器の専門家じゃないけど、こんなデザインは初めてよ。すごく古いものね――少なくとも六百年は昔のものと想像するわ。取りに戻れなかったときのために、写真に撮っておく」

レミはリュックからカメラを取り出し、十二枚撮った。そのあいだにサムは地面の穴に顔を近づけて、見まわした。「ほかに仕掛けはないようだな。松明の光で見たらどんな感じか、想像しようとしているところだ」

「〝ゾッとする〟でしょうね」と、レミが返した。「思い浮かべてみて。仲間の一人が首の後ろに槍を受けて、底なしめいた穴に落ちていき、あなたの手にあるのは、それを見る松明の揺らめく光だけ」

「どんなに勇敢な探検者でも引き返しそうだ」と、サムは同意した。

「でも、わたしたちはちがう」サムの耳に笑い声が聞こえてきそうな笑みを浮かべて、レミが返した。「どういう計画?」

「すべてはあの石筍次第だ。ロープは持ってきてくれたか?」

「はい、どうぞ」

サムは後ろに手を伸ばしてレミの伸ばした手に触れ、カラビナをつかんで、巻いたロープを引き寄せた。まずロープの端にスリップ・ノットで輪を作り、次にストッパー・ノットでこぶを作る。これにカラビナをつけて重みを加えた。体を動かし、穴から腕を抜くと、向かいのトンネルの五〇センチくらい下にある大きめの石筍を狙って、地面の穴の向こうへロープを投げた。狙いははずれ、いったんロープを回収して、再度試みた。こんどは突き出た先端にスリップ・ノットの輪がはまった。ロープをかるく引き、石筍の根元に輪がすべり落ちるのを待って、ぎゅっと締めつける。

「ストレス・テストに手を貸してくれないか?」サムがレミに言った。「三つ数えたら、全力で引っぱってくれ。一……二の……三!」

ふたりでロープを引き、全力で石筍をもぎ取ろうとした。びくともしない。

「だいじょうぶそうだ」と、サムが言った。「壁に裂け目がないか、探して——」

「探してるわ……あった」

レミがカム・ディバイスを裂け目に取り付けてしっかり固定し、ロープを通して、さらにラチェット・カラビナに通した。「たるみを取って」

サムがロープを強く引いてたるみを取り、レミはロープがぴんと張るまでカムにカラビナをすべらせた。サムが試しに引いてみる。「いいようだ」

レミが言った。「言わずもがなだと思うけど――」

「なんだい、慎重《ケアフル》にか？」

「そうよ」

「わかっているさ。でも、とりあえずそれを聞くとうれしいね」

「幸運を」

サムは両手でロープを握り締め、肩を交互に動かしながら前進し、すこしずつ体重をロープに移していった。「カムのぐあいは？」と、彼はたずねた。

「しっかりしてる」

サムは深呼吸で心を落ち着け、膝から下をクロールスペースから抜いた。宙ぶらりんになって、あえて動かず、ロープのたわみを確かめて、岩が割れる音がしないか耳を澄ませているうちに十秒が経過した。そこで脚を引き上げ、足首をロープにかけて、すこしずつ穴の上を渡りはじめた。

「向こうに着いたら、動かずじっとしているのよ」サムが中間点まで来たところで、レミが声をかけた。

サムは反対側の壁にたどり着くと、まず片手を石筍に移し、左手も移して、脚を振り上げ、右のかかとを別の突起にかけた。体重のかかりぐあいを確かめ、体をひねって、石筍の上に体を落ち着ける。ひと息ついて、ゆっくり立ち上がると、目の前にトンネルの穴が来た。石筍を足で押すと同時に、両手でぐっと体を引き上げる。トンネルに体が入った。

「すぐ戻る」とレミに呼びかけて、なかへ這い進んだ。三十秒くらいで入口へ戻ってきた。「いい感じだ。先へ行くほど広くなっている」

「すぐ行く」と、レミが応じた。

二分後、ロープを渡りおえたレミを、サムがトンネルの穴に引っぱりこんだ。しばらくいっしょに寝ころがり、硬い岩の感触を楽しんだ。

「三回目のデートを思い出すわ」と、レミが言った。

「四回目だ」と、サムが訂正した。「三回目は乗馬だった。四回目がロッククライミングだ」

レミは微笑んで、彼の頰にキスをした。「みんな、男はそういうことをいちいち覚えていないって言うけど」

「みんなって、誰のことだ？」

「あなたに会ったことのない人たちよ」レミはヘッドランプで周囲を照らした。「罠の気配は？」

「いまのところ、ない。油断なく目を光らせてはいくが、槍の年代に関するきみの評価が正しければ、仕掛けがいまでも機能するとは考えづらい」

「ずいぶん自信がおありだこと」

「なんなら、ぼくの墓碑にいまのを刻んでもいいぞ。さあ行こう」

サムが這って進みはじめ、直後にレミが続いた。サムが言ったとおり、しばらくすると狭いトンネルが広くなり、腎臓のような形の空間になった。幅は六メートル、高さは一・五メートルくらいある。奥の壁に縦の裂け目が三本あった。幅はどれも五〇センチに満たない。

ふたりは立ち上がると、体をかがめて、ひとつ目に歩み寄った。サムがヘッドランプで内部を照らす。「行き止まりだ」と、彼は言った。レミが次の裂け目を調べた。これも行き止まりだった。三つ目は隣のふたつより幅が広かったが、やはり五、六歩で突き当たりになった。

「うーん、盛り上がりに欠けるな」と、サムが言った。

「ちがうかも」レミがそうつぶやき、右側の壁に向かって歩きはじめた。黒ずんだ岩の、壁と天井が出合うところに、天井と平行に亀裂らしきものが走っていた。そこへレミがヘッドランプの光を向ける。近づくにつれて亀裂が高く見えてきた。天井へ上がりこんでいく感じだ。やがてふたりは、自分たちの見ているものが横に長い新たなトンネルであることに気がついた。

横に並んで入口をのぞきこむと、トンネルはそこから四五度くらいの角度で五メートルほど上がったあと、なだらかになって、地面にギザギザの形のものがひとつ盛り上がっていた。

「サム、見える？　あの——」

「見えた気がする」

地面のてっぺんからブーツの裏のようなものが突き出していた。

9

ネパール、チョバル峡谷

ブーツの底に凹凸がない。つまり、サムとレミが見ているのは現代の靴ではないということだ。腐ったブーツの継ぎ当てから突き出ている骸骨の爪先から見て、ブーツの持ち主がこの世を去ってから長い年月がたっている。

「不思議じゃない？　こういうことに出くわしても、わたし、もう驚かなくなっているわ」骸骨の足を見つめながらレミが言った。

「またぞろ骸骨に出くわした、ってわけだ」と、サムが同意した。こういう驚きは彼らの職業に不可欠の要素だった。「足を引っかける罠とかはなかったか？」

「見たかぎりでは」

「調べてまわろう」

サムは壁のひとつに足を当て、もうひとつの壁に背中を当てた。レミに腕をつかませ、引き上げる。サムは斜面を上がって、地面のこぶを越えた。ヘッドランプでぐるりと空間を照らしたあと、「警戒解除！　これを見ろ、レミ」と呼びかけた。

彼女はすぐにサムのそばへ来た。いっしょに膝をついて、骸骨を調べる。天候や捕食動物から守られ、洞穴の比較的乾いた環境が墓場となって、亡骸《なきがら》の一部がミイラ化していた。着ている服は薄い皮を重ね合わせて作られているようで、おおよそ元の状態を保っていた。

「明らかな外傷のしるしは見られない」と、レミが言った。

「どれくらい昔のだろう？」

「ただの推測だけど……少なくとも四百年ね」

「槍と同じくらいか」

「そうね」

「これは軍服のようだ」サムが袖に触れた。

「そう考えたほうが、あれにも納得がゆくわ」レミが指を差した。かつて帯の鞘だったものから、短剣《ダガー》の柄が突き出ていた。彼女はヘッドランプで空間をぐるりと照らして、つぶやいた。「楽しきわが家《ホーム・スイート・ホーム》ね」

「わが家かもしれないが」サムが返した。「楽しい、はどうかな?……何事も比較の問題だとは思うが」

骸骨が横たわっている平らな区画から二、三歩進むとトンネルが広くなり、およそ三メートル四方の小さな空間になった。岩壁に手で掘り開けられたいくつかのくぼみに、粗末なろうそくの使い残しがあった。壁のひとつの下、自然のくぼみのなかに、火を使った跡が残っている。その横に小さな動物の骨が積み重なっていた。空間の奥に携帯寝具を丸めたものらしき残骸があり、その横に、鞘に入った刀剣がひと振り、研ぎの粗い槍が六本、複合弓《きゆう》と八本入りの矢筒があった。種々雑多な少量の品が地面の残りを占拠している。手桶がひとつ、腐りかけた縄がひと巻き、革の荷物入れがひとつ、木と動物の皮で造られた丸い盾がひとつ、木の収納箱がひとつ……。

レミが立ち上がって、この空間を歩きまわりはじめた。

「友好的でない来客を予期していたにちがいない」と、サムが見解を述べた。「ここには最後の抵抗を示すあらゆる形跡がある。しかし、なんのための抵抗だったのか?」

「これと関係があるのかも」とレミが言い、木でできた収納箱のかたわらに膝をついた。サムも歩み寄る。小さめのオットマンくらいの大きさで、黒っぽい硬木で造られた完全な立方体に、何重にもラッカーが塗られていた。三面に運搬用の革ひもが取り付けられ、もう一面に肩で担ぐための二重のひもがあった。サムとレミの見るかぎり、どこにも蝶番はなく、錠をかける機構も見当たらない。継ぎ目も巧みに作られていて、見ただけではほとんどわからないほどだ。上面に二×二の格子図形があり、アジアのものらしい複雑な文字が四つ彫りこまれていた。

「何語かわかるか?」と、サムがたずねた。

「わからない」

「これは並大抵のものじゃないぞ」サムが言った。「信じられないような技術がないと、現代の木工道具をもってしても、こういうものは造れない」

彼がこぶしで側面をかるく叩くと、ゴツッと重々しい音がした。「音からすると、空《から》ではなさそうだ」箱を左右にそっと揺すってみる。カラッとかすかな音がした。「しかし、中空ではある。やけに軽いし。ほかにはなんのしるしも見えないな。きみは?」

レミは体をかがめ、左右に体を傾けながら箱を調べていった。そして首を横に振った。「底は?」と、サムが箱を傾けた。レミが調べて、「底にもないわ」と言った。

「誰かが大変な思いをして、これを造り上げた」サムが言った。「そして、ここにいるぼくらの友人は、これを守るために命を投げ出す覚悟だったらしい」

「それだけじゃないかも」レミが言い添えた。「これに出くわしたのがまったくの偶然でないとすれば、わたしたち、ルイス・キングが探していたものを見つけたのかも」

「だったら、なぜルイスはこれを見逃したんだ? すぐ近くまで来ていながら?」

「あの穴を渡れなかったのだとしたら」と、レミが返した。「生き延びているかしら?」

「答えを知る者は一人しかいない」

ふたりは洞穴の中身を記録する作業に注意を振り向けた。どのくらい早く戻れるかわからず、持ち帰れるのは遺物のほんの一部にすぎないから、デジタル写真と絵とメモに頼るしかなかった。さいわい、それだけなら、レミの経歴と訓練で用が足りる。辛抱強く二時間作業したあと、彼女は終了を告げた。

「ちょっと待って」と、彼女が盾のそばに膝を折った。

サムが合流する。「どうした?」

「この引っかき傷……光を受けて、一瞬浮かび上がったの。これって……」彼女は体をかがめて、大きく息を吸い、革でできた盾の表面にふーっと息を吹きかけた。腐った革に積もった塵《ちり》が飛び散る。

「引っかき傷じゃない」とサムが言い、さらに塵を吹き飛ばした。何度かそれを繰り返すと、盾の表面がむきだしになった。

レミの思ったとおり、引っかき傷は、じつは革そのものに焼きこまれたエッチングだった。

「人間かしら、獣かしら?」と、レミが言った。

「それとも、古代の生き物か。おそらく、彼の家紋か部隊の紋章だろう」と、サムが推測した。

レミが二十枚ほどエッチングの写真を撮り、ふたりは立ち上がった。「これでいいわ」彼女は言った。「収納箱はどうしよう?」

「持っていかないと。ぼくらの友人は、これを守るためにここに籠城したような気がするんだ。中身がなんであれ、命を投げ出す価値があると考えたものだ」

「わたしも同感」

サムはありあわせの革ひもを使って、わずか数分でネットを作り、収納箱をリュックの背につけた。最後にいちど、ふたりで洞穴をぐるりと見まわし、骸骨に別れの会釈を送って出発した。

先に立ったサムがトンネルの縁へ這い進み、向こうをのぞいた。「うーん、これはまずいな」

「何が？」

「ロープの反対側がはずれている。下の石筍からぶら下がっている」

「何かこしらえるわけには――」

「自信を持って造れるものがない。ぼくらは向こうのトンネルより上にいる」この角度でスリップ・ノットの輪を適当な場所にかけて締めつけようとしても、はずれてしまう。ぴんと張る方法がない」

「となると、残る選択肢はひとつ」

サムがうなずいた。「下だ」

わずか一分でサムは体にロープをくくりつけた。そのあいだにレミはトンネル入口のすぐ下にハーケンを打ちこみ、ロープを確保する場所をもうひとつ作った。これがすむと、サムがゆっくり懸垂下降にとりかかり、石筍から垂れたロープにたどり着いた。そっちにつかまりなおし、突き出た石筍をよけては越えていく。レミは上から見張りを続け、突起でロープがすり切れないよう、ときおり止まって位置を調節するよう彼に指示をした。

注意深く二分ほど取り組んだあと、サムが動きを止めた。「カムがあった。朗報だぞ。カムがはずれたんだ。ロープが切れたんじゃなく」

ロープが切れたのであれば、残ったロープをつなぎ合わせなければならなくなる。これで、彼の下には二〇メートル弱のロープがあるということだ。それで底までたどり着けるかどうかはまだわからない。彼らを待っているのがバグマティ川の凍てつくような冷たい水だったら、十五分で脱出する方法を見つけないと低体温症にやられてしまう。

「いい前兆と解釈しておくわ」と、レミが返事をした。

一歩、また一歩と、サムは慎重に下りつづけ、ヘッドランプが小さな長方形の光へ薄れていった。

「もうあなたの姿、見えないわ」と、レミが呼びかけた。

「心配するな。落っこちたら、きっと、しかるべき恐怖の悲鳴をあげるから」

「あなたの悲鳴って、まだ一度も聞いたことがないわよ、ファーゴ」

「だったら、指を十字に重ねて祈ってくれ。今回も聞こえませんようにって」

「壁はどんな感じ?」

「壁というより——うわっ！」

「どうしたの？」

返事がない。

「サム！」

「だいじょうぶ。一瞬、足がかりが消えただけで。壁がどんどん冷たくなってくる。下の水から霧が生じているにちがいない」

「ひどいの？」

「壁を薄く覆っているだけだ。しかし、どの石筍も当てにならないな」

「上に戻ってきて。別の方法を考えましょう」

「続けてみる。ロープはまだ一〇メートルある」

二分が経過した。サムのヘッドランプが針先のようになり、石筍を避けながら進んでいくあいだ、穴の暗闇のなかを前後左右に揺れていた。

とつぜん、氷が砕ける音がした。サムのヘッドランプが回りはじめ、ストロボ光のようにレミの目を打った。彼女は呼びかけようと口を開いたが、その前にサムが、「だいじょうぶ。逆さまになったけど、無事だ」と叫んだ。

「もっと詳しく説明してくれる、よかったら！」

「ハーネスを着けたまま、くるっとひっくり返ったんだ。でも、いい知らせがある。いま、逆さになったまま水を見つめている。頭の三メートルくらい下だ」

「〝しかし〟が来るのが聞こえそう」

「流れは速いし――少なくとも三ノットはある――深そうだ。たぶん、腰のあたりまではあるな」

三ノットなら早歩きより遅いが、水深と水温で危険は何倍にもなる。いちど小さく足を踏み誤っただけで流されるだけでなく、直立姿勢を維持するのに必要な努力は低体温症のプロセスも加速する。

「戻ってきなさい」と、レミが言った。「反論なしよ」

「わかった。ちょっとだけ……待ってくれ」

暗闇からまた氷が割れる音が続いて、そのあとバシャッと水のはねる音がした。

「なんとか言って、ファーゴ」

「ちょっと待った」

また三十秒くらい氷が割れる音がして、そのあとサムの声が告げた。「横穴だ！」

細かい作業に十分間取り組んだあと、サムが叫んだ。「ちょうどいい大きさだ。立って入れるくらい高さもある。入ってみる。ザイルの確保点をつくるから、一分くれ」レミが落ちても、この高さならたぐり上げることができるだろう——川に、レミをぺしゃんこにしようと岩が待ち構えていなければの話だが。

作業がすんでサムの準備がととのい、ロープのたるみが取れると、レミが下りはじめた。夫より体が軽く、すこし機敏な彼女は、同じ距離を彼より早く進むことができた。動きを止めるのは、サムにハーケンのザイル確保点からたるみを取る時間を与えるときだけだ。

ついにレミの姿が見えてきた。彼女は横にあいたトンネルの入口と同じ高さで止まった。ヘッドランプがたがいの顔を照らしだし、ふたりで安堵の笑みを交わした。

「奇遇だね、こんなところで会えるなんて」と、サムが言った。

「残念！」

「え？」

「〝きみのようなすてきな女の子が、こんな底なしめいた穴で何をしているんだい？〟だとばかり思ってたのに」

サムが声をあげて笑った。「よし、じゃあ、そのままスーパーマンになってもらおう。向かいの壁を蹴って反動をつけてくれ」

レミと入口のあいだにはすこし距離がある。彼女は時間をかけて呼吸をととのえ、ハーネスを程よく調節し、まっすぐロープにぶら下がった。体をしならせてすこしずつ体を揺らし、爪先で向かいの壁を押す。この動きをあと三回繰り返して、しっかり脚を折り畳み、壁を足で蹴った。片手を放し、前に伸ばして、前にスイングする。壁が顔に迫ってきた。頭を引っこめる。腕がトンネルにすべりこんだ。サムの手が彼女の手をがっしりつかむ。体ががくんと止まった。

「捕まえた！」と、サムが言った。「両手でぼくの左手首をつかめ」

彼女がそうすると、サムは右腕でゆっくりロープのたるみを取り、レミが彼の腕を伝えるようにした。彼女の上半身がトンネルに入ると、サムは後ろへ這い戻り、彼女の両膝もトンネルに入った。サムがほっと安堵の吐息を漏らした。

レミが笑いだした。サムが顔を上げて、彼女を見た。

「どうした?」

「あなたが連れてきてくれるのは、これ以上ないすてきな場所ばかり」

「これがすんだら、熱い泡風呂だな——ふたりで」

「同じことを考えていたわ」


トンネルの幅は彼らの肩幅の倍くらいあり、かがんで歩けるだけの高さもあったが、地面はまるでスイスチーズのようだった——あちこち穴が開いていて、渦を巻きながらごうごうと下を流れていく黒い水面がちらっと見えた。冷気の煙と氷の結晶がすきまから吹き上がって霧と化し、ヘッドランプの光を受けてきらきら渦を巻く。背後の穴と同じように、このトンネルの壁と天井も氷の膜に覆われていた。歩いていくと、ときおり鉛筆くらいの細いつららが天井から落ち、地面に砕けて、風鈴のようにチャリンと音がした。地面に氷はほとんどないが、くぼみがやたらと多く、気を引き締めて歩く必要があった。

「ケチはつけたくないんだけど」レミが言った。「これがどこかにつながるものと仮定しているのよね」

「いかにも、そのとおり」と、サムが肩越しに返事をした。

「その仮定がまちがっていたら?」

「そのときは引き返して、穴の反対側へ回る方法を見つけて、来た道を戻ろう」


トンネルは曲がりくねって起伏を繰り返したが、サムのコンパスによれば、おおむね東の方位を維持していた。交代で歩数をかぞえていったが、全体的な進捗状況を測れるGPS装置がなく、頼りになるのはサムがスケッチした地図だけだから、実際にどれだけの距離を踏破したのかは見当がつかない。

サムが一〇〇メートルくらいと見当をつけた距離を進んだところで、また停止を命じ、トンネルのなかでも比較的安定した区画を見つけて地面に腰をおろした。水を何口か飲み、ジャーキーとドライフルーツの四分の一を分けあい、下を勢いよく流れていく水の音に無言で耳を傾けた。

「いま何時?」と、レミがたずねた。

サムが腕時計を確かめた。「九時だ」

セルマにはどこに向かうか言ってあったが、現地時間の翌朝までは非常ボタンを押さないように頼んでもあった。非常ボタンが押されても、現地当局が救出隊を手配して捜索を開始するまでどれだけかかるかわからない。唯一の救いは、このトンネルが枝分かれしていないことだ。引き返すことにした場合にも、入口の穴までは簡単にたどり着ける。しかし、どの時点でその判断を下せばいい？　出口は次のカーブを回ったところにあるのか、何キロも先なのか、そもそも出口など存在しないのか？

サムもレミも、この疑問は一言も口にしていなかった。必要がないからだ。長い年月をともに過ごし、同じ冒険を分かちあってきたふたりは、同じ波長を共有している。顔に浮かんだ表情を見れば、相手が何を考えているか読みあうことができる。

「わたし、まだ、例の熱い泡風呂の約束、守ってもらうつもりよ」と、レミが言った。

「言い忘れていた。メニューに、心も体もとろける極上のマッサージを付け加えたよ」

「さすがは、わたしの英雄さん。さてと」

サムがうなずいた。「あと一時間、がんばろう。赤い絨毯の敷かれた出口が出てこなかったら、引き返して、休憩を取ってから、あの穴に取り組もう」

「了解」

サムもレミも過酷な状況には慣れていた。精神的にも、肉体的にもだ。ふたりの動きにリズムが出てきた。二十分歩いて、二分休み、コンパスの方位を確かめ、地図を更新してからまた歩きはじめる。彼らの旅に残された時間はたちまち過ぎていった。左足を出し、右足を出し、それを繰り返す。光を節約するため、レミは早々にヘッドランプのスイッチを切り、サムのほうは最弱に設定していたため、最小限の明かりで移動していた。地面から勢いよく吹き上がる冷気がいっそう冷たく感じられる。足場を保つのが難しくなってきた。頭がぼーっとしてきたせいか、つららが落下するチャリンという音が耳に障る。

サムがとつぜん足を止めた。反応速度が半減していたレミがドンとぶつかった。サムがささやき声で告げた。「感じないか、あれ？」

「何?」

「冷気だ」

「サム、それなら――」

「ちがう、顔に当たる冷気だ。頭上から。ぼくのリュックからライターを出してくれないか?」

レミが取り出して手渡した。サムは二、三歩前進し、たちのぼる霧の間にしっかりした足場を探した。適当な場所が見つかり、足を止めて、カチッとライターを点けた。レミが体を寄せて、のぞきこむ。ちらちら瞬く黄色い光が、氷に覆われた壁に躍った。

「待て」サムが炎に目をそそいだままつぶやいた。炎は揺らめいたが、やがてまっすぐ安定した。

五秒が経過した。

炎がぐらぐら揺れて横倒しになり、サムの顔に向かってきた。

「やっぱり!」

「まちがいない?」と、レミが訊いた。

「空気も前より温かく感じる」

「希望的観測じゃない？」

「確かめよう」

三メートル歩いて、足を止め、ライターの炎を確かめた。また炎が倒れた。こんどは先ほどより勢いよく。さらに五メートルくらい進み、同じプロセスを繰り返したが、結果は同じだった。

「ヒューッという音が聞こえる。風の音よ」と、レミが言った。

「ぼくにも聞こえる」

さらに一五メートル進んだところでトンネルが二本に分かれた。サムはライターを顔の前に保持して左のトンネルを進んだが、成果はなく、戻って右を進んだ。炎が震え、次の瞬間、突風が吹きつけて消えそうになった。

サムがリュックを脱いだ。「待っててくれ。すぐ戻る」

彼はヘッドランプのスイッチを最大に切り替えて、トンネルのなかへ消えた。足が地面をこする音がした。その音が一秒ごとに小さくなっていく。

レミは腕時計を見て、十秒待ち、ふたたび時計を確かめた。

「サム？」と、彼女は呼びかけた。

静寂。

「サム、返事をして――」

前方の暗闇にふたたびヘッドランプの光が現われた。

「残念」と、彼は言った。

レミががっくりうなだれた。

「赤い絨毯はなかったが」と、サムが続けた。「日光でもいいか？」

レミが顔を上げると、サムは満面に笑みを浮かべていた。レミは眉をひそめて彼をにらみ、肩にパンチを入れた。「冗談はほどほどにしてよ、ファーゴ」

前言どおり、赤い絨毯はなかったが、五メートルほど進むと、もっといいものが現われた。縦に開いた穴を上がっていく自然の螺旋階段だ。一五メートルくらい離れた階段のてっぺんに、小さな日光がぼんやり見えた。

二分後、サムが最上段から体を押し上げると、横に短いトンネルが見えた。側面も地面も岩でなく土だ。もつれた草をかき分けてトンネルの端にたどり着くと、日光が見えた。サムはそこに向かって這い進み、出口から両手を押し出して、外へ這い出た。直後にレミも続く。ふたりで草のなかに寝ころがって、笑顔で空を見つめた。

「そろそろ正午だ」と、サムが言った。

午前中、ずっと地下にいたのだ。

サムがだしぬけに体を起こし、あっちこっちへ首を巡らせた。レミのほうに体をかがめ、「無線機の雑音だ。ポータブル無線機の」とささやいた。

サムは体を反転させて、一メートル先で小さく盛り上がっている土の山へ這い進み、その横からのぞきこんだ。体をかがめて這い戻る。「警察だ」

「救助隊？」と、レミがたずねた。「誰が連絡したの？」

「単なる推測だが、元捜索付添人のキングの双子じゃないか」

「いったい、どうやって――」

「わからない。思い違いかもしれないし。安全第一でいこう」

自分たちがどこで何をしていたのか示すもの――ヘルメット、ヘッドランプ、リュック、登山用具、サムの地図、レミのデジカメ、墓場から回収してきた箱――を、全部取り出してトンネルに押し戻してから、入口に草を詰めた。

サムが先に立って東へ向かった。谷をたどり、木々の間で頭を引っこめ、トンネルから五〇〇メートルくらい離れた。立ち止まって、無線の雑音に耳を澄ませる。サムが耳を軽くたたいて、北を指差した。一〇〇メートルくらい離れた木々の間を、いくつか人影が動いていた。

「最大限、哀れな表情を浮かべろ」と、サムがささやいた。

「いまなら、そんなに不自然じゃないわ」と、レミが答えた。

サムが両手を丸めて口に当て、「おーい！　ここだ！」と叫んだ。

10

ネパール、チョバル峡谷

鉄格子の扉がギーッと音をたてて開いた。看守がなかをのぞきこみ、サムが自由の身になろうと突進してくるかのように、つかのまじろりと彼をねめつけ、それからわきへ寄った。薄い青色のだぶだぶのジャンプスーツを着て鳶《とび》色の髪をポニーテールに束ねたレミが部屋に入ってきた。洗ったばかりの顔がピンク色に染まっている。

看守は片言の英語で「すわってください。ちょっと待っていて」と告げると、ガシャッと扉を閉めた。

彼女と同じジャンプスーツを着たサムがテーブルから立ち上がり、レミに歩み寄って、ぎゅっと抱き締めた。それから体を離し、彼女を上から下まで見て微笑んだ。「うっとりするくらい魅力的——その一語に尽きる」

レミが微笑んだ。「ばか」

「気分は？」

「さっぱりしたわ。浴用タオルとお湯を何分か使えるだけで、こんなに気分が違うとはね。そりゃ、温かいシャワーやお風呂みたいなわけにはいかないけど、そんなに差はないわ」

ふたりでテーブルの前に腰かけた。カトマンズ警察が彼らを拘束している空間は、留置場というより拘置室に近かった。軽量のコンクリートブロックでできた壁と床は薄い灰色に塗られ、ボルトで床に固定されたテーブルと椅子は、アルミニウムを使ったどっしりしたものだ。テーブルの向こうに金網が嵌めこまれた幅一二〇センチくらいの窓があり、そこから警官たちの執務室が見えた。六人の制服警官が仕事中で、電話に応対したり、報告書を書いたり、雑談したりしている。

これまでのところ、丁寧だが有無を言わさぬ感じの命令を大ざっぱな英語でいくつか受けたのを除けば、〝救助〟されてからの二時間、彼らに話しかけてくる者はいなかった。

保護されて警察のバンの後部座席に乗せられたとき、サムとレミは車窓を流れる景色を見て、洞窟系のどこから出たのか、ほんのすこしでも手がかりがないか探した。チョバル峡谷の橋を渡り、カトマンズに向かって北東に方向を転じたとき、その答えが出た。

自由を求めて地下を行進した結果、彼らは入った場所からほんの三キロくらいの地表に出ていたのだ。そうとわかって、サムとレミはまず口元に笑みを浮かべ、そのあとまるまる一分くらい爆笑を続けて、前の二人の警官をとまどわせた。

「警報を発した人間について、何か手がかりは？」と、レミがサムにたずねた。

「さっぱりだ。いまわかるかぎり、逮捕されたわけではなさそうだが」

「事情聴取があるわよ。どういうことにする？」

サムはしばらく考えた。「できるだけ事実に近くしよう。日帰りハイキングのために、夜明け前にここへ来た。道に迷って、あちこちさまようちに、彼らが見つけてくれた。しつこく訊かれても、〝よくわからない〟で押し通そう。装備が見つからないかぎり、警察も反証はできない」

「わかった。で、わけのわからない罪でネパールの刑務所に投げこまれずにすんだら？」

「回収に出向く必要が――」

サムが途中で言いやめ、すっと目を細めた。レミが彼の視線を、窓の向こうの執務室からドアに近い左奥までたどった。入口にキングの双子、ラッセルとマージョリーが立っていた。

「驚いた、と言いたいところだけど」と、レミがつぶやいた。

「思ったとおりか」

執務室の奥で担当の巡査部長がキングの双子に気づき、急いで駆け寄った。三人で言葉の応酬が始まった。サムにもレミにも声は聞こえないが、巡査部長の物腰とふるまいが話の中身を物語っていた。おびえているとは言わないまでも、おもねった感じの卑屈な態度だ。最後に巡査部長がうなずいて、そそくさと執務室に戻った。ラッセルとマージョリーは廊下へ戻っていった。

しばらくしてサムとレミの部屋の扉が開き、巡査部長と部下の一人が入ってきた。ファーゴたちと向かいあう椅子に腰をおろす。巡査部長がしばらくネパール語で話し、部下にうなずきを送ると、部下が、訛りはきついがそこそこまともな英語で言った。「巡査部長の話を通訳します。よろしいですか？」

サムとレミはうなずいた。

巡査部長が話し、すぐに通訳された。「差し支えなければ、身分の確認をさせていただきたい」

サムがたずねた。「われわれは逮捕されたのか？」

「いえ」と、警官は答えた。「一時的な勾留です」

「理由は？」

「ネパールの法律では、いまのところその質問に答える必要はない。あなたたちの身分を明らかにしてください」

サムとレミが身分を明かすと、次の何分か、本題に入る前にお決まりの質問をひとしきり受けた――ネパールに来た理由は？　宿泊先は？　訪問の動機は？

「道に迷ったときですが、どこに行くつもりだったのですか？」

「特にどこというわけじゃなかったの」と、レミが答えた。「絶好のハイキング日和みたいだったから」

「チョバル峡谷に駐車しましたね。なぜですか？」

「景色が美しいと聞いたので」と、サムが言った。

「何時に着きました？」

「夜明け前」

「なぜそんな早い時間に？」

「気ぜわしい性分で」と、サムが笑顔で答えた。

「どういう意味ですか、それは？」

「たえず活動していないと気がすまない性分なの」と、レミが言った。

「ハイキングでどこへ行ったか教えてください」

「それがわかっていたら」サムが言った。「たぶん、道に迷ったりしなかったんだが」

「あなたたちはコンパスを持っていた。なのに、なぜ道に迷ったんです？」

「ボーイスカウトも落第していて」と、サムが言った。

レミが口を挟んだ。「わたしも、ガールスカウトではお菓子を売っていただけ」

「笑いごとじゃありませんよ、ファーゴ夫妻。何が面白いんですか?」

サムは精一杯しょげて見せた。「お詫びします。くたくたなうえに、ちょっときまりが悪いものだから。見つけてくれて感謝しています。われわれが困ったことになっているかもしれないと注意してくれたのは、どなたですか?」

警官は質問を通訳した。巡査部長は不満げに何事かつぶやき、それからまた何か言った。「訊かれた質問に答えるだけにしてほしい、と巡査部長は言ってます。一日ハイキングを楽しむつもりだったというお話でしたね。リュックはどうしたんですか?」

「あんなに長いこと迷うとは思ってなかったんです」と、レミが言った。「計画を立てるのもそんなに上手じゃなくて」

サムが悲しげなうなずきで妻の主張を強調した。

警官がたずねた。「なんの装備もなしにハイキングに出かけたなんて話を、われわれが信じると思うんですか?」

「スイスアーミー・ナイフは持ってました」と、サムが素っ気なく言った。

これが通訳されると、巡査部長はちらっと目を上げて、まずサムを、次にレミをにらみつけてから立ち上がり、ずかずかと部屋を出ていった。通訳もあとに続く。

驚きはしなかったが、巡査部長は執務室のドアにまっすぐ向かって廊下に出た。サムとレミには背中しか見えない。ラッセルとマージョリーは見えないところにいた。サムは立ち上がって、窓の右端に歩み寄り、顔を押しつけた。

「見える？」と、レミが訊いた。

「うん」

「それで？」

「双子はご機嫌斜めのようだ。愛想笑いさえ浮かべていない。ラッセルが身ぶりをしている……うーん、これは興味深い」

「どうしたの？」

「箱の形をまねている。それも、例の収納箱とびっくりするくらい似た大きさの」

「そう。警察がわたしたちを発見したあたりを、彼らは探したことがあるようね。ラッセルが欲しがっているってことは、見つかっていないってことよ」

サムは窓から後ろへ下がり、急いで椅子に戻った。

巡査部長と警官が戻ってきて、腰をおろした。質問再開だ。こんどは一度目より少々語気を強め、遠まわしな表現でサムとレミの足元をすくおうとした。だが、質問の要旨が変わったわけではない。きみたちには所持品があったはずだ。それはわかっている。どこにあるんだ？　サムとレミがペースをくずさず、あくまで主張を押し通すと、巡査部長のフラストレーションが目に見えてたまってきた。

ついに巡査部長は脅迫に訴えた。「きみたちが何者か、どんなことをして生計を立てているかは知っているぞ。闇市場の骨董品を探しにネパールに来たのではないのかね？」

「何を根拠にそんな疑いを？」と、サムがたずねた。

「情報源だ」

「だったら、誤った情報をもらったんだわ」と、レミが言った。

「きみたちを起訴できる法律はいくつもあるし、どれも厳しい刑罰を科されるぞ」

サムが椅子に掛けたまま前に身をのりだし、巡査部長の目を見すえた。「いくらでも告訴するといい。逮捕されたら、ただちにアメリカ大使館の司法担当官に相談する」

巡査部長はサムの視線を十秒ほど受け止めたあと、椅子に背をあずけてため息をついた。それから部下に何事か言って立ち上がり、部屋を出て、ドアを力まかせに閉めた。

通訳の警官が言った。「帰っていいですよ」

十分後、サムとレミは自分たちの服に着替えると、警察署の正面玄関を出て、前の階段を下りていった。夕闇が迫っていた。空は晴れていて、ダイヤモンドの形をした小さな星がちらほら輝きはじめていた。玉石を敷いた下の通りに街灯がともる。

「サム！　レミ！」

予想はしていたから、振り向いたとき、ラッセルとマージョリーが急いで歩道を駆け寄ってくるのが見えても、ふたりとも驚きはしなかった。

「いま、話を聞きました」小走りに駆け寄ったラッセルが言った。「だいじょうぶですか?」

「疲れているし、ちょっときまりの悪い思いはしたが、ぐったりというわけじゃない」と、サムが返事をした。

キングの双子に対しても、ハイキングに行って道に迷ったという話で押し通すことに決めていた。危険なダンスだ。サムとレミが嘘をついているのはみんなが知っている。ラッセルとマージョリーはどう出る? それとも、こう言ったほうが正確だろうか。どうやらチャールズ・キングには、サムとレミに語ったのとは全然ちがう計画表があるようだが、彼らはそれをどう進める気なのか? キングは何を狙っていて、フランク・アルトン失踪の背後にはどんな真実が隠れているのか?

「車まで送ります」と、マージョリーが言った。

「回収は明日の朝にするわ」と、レミが答えた。「ホテルに戻ります」

「いま回収したほうがいい」ラッセルが言った。「なかに荷物があるなら――」

これを聞いて、サムは微笑まずにいられなかった。「荷物はないよ。では、おやすみ」

サムがレミの腕を取って、ふたりいっしょにきびすを返し、反対方向へ歩きはじめた。ラッセルが呼びかけた。「明日の朝、電話します!」

「遠慮してくれ。電話はこっちからかける」と、サムが振り返らずに返答した。

テキサス州ヒューストン

「言い訳するな。やつらはやりたい放題やっているということではないか」チャールズ・キングはそう怒鳴って、贅沢なオフィス・チェアに背をあずけた。天井から床まである後ろの大きな窓いっぱいに、都市の風景が広がっていた。

地球の裏側にいるラッセルとマージョリーは、スピーカーフォンに言い返しはしなかった。父親の話に割りこまないだけの分別はわきまえている。知りたいことがあるとき、質問をするのは父親のほうだ。

「いったいやつらは、一日じゅうどこにいたんだ?」

「わかりません」と、ラッセルが答えた。「雇って尾行させた男は見失ってしまい――」

「雇った？　どういう意味だ、雇ったとは？」

「発掘現場にいる……警備員のひとりで」マージョリーが言った。「信用できる男なんですけど――」

「無能だったわけだ！　信用と有能という輝かしい性質を兼備した人間を手に入れたらどうなんだ？　そこを考えなかったのか？　それに、なぜ人を雇ったりする？　おまえたち二人は何をしていたんだ？」

「発掘現場にいました」と、ラッセルが言った。「輸送の準備をしているところで――」

「どうでもいい、そんなことは。ファーゴたちがあの洞窟系にいた可能性は？」

「可能性はあります」と、マージョリーが答えた。「でも、わたしたちはあそこをくまなく探しました。あそこにはなんにもありません」

「ああ、わかった、わかった。問題は、やつらがあそこにいたとしたら、どうやってあそこのことを知ったのかだな。とにかく、こっちが握らせたい情報しか与えないようにしろ。わかったか？」

「はい、お父さん」マージョリーとラッセルが声をそろえて言った。

「やつらの所持品は？」

「調べました」ラッセルが言った。「車も。警察にいる言いなりの男が一時間尋問しましたが、だめでした」

「いったい、その男はあいつらの腕をしぼり上げたのか？」

「可能なかぎり」

「恐れを知らない夫婦だと、あの男は言っていました」

「何をしていたと、やつらは言っているんだ？」

「ハイキングに行って道に迷ったと主張しています」

「たわごとを！　われわれの相手はサムとレミのファーゴ夫妻だぞ。何があったか教えてやる。おまえたち二人が何かへまをして、ファーゴたちに疑いを持たれたんだ。やつらはおまえたちより上手《うわて》だ。人間を大勢つけろ。やつらがどこへ行って、何をしているのか知りたい。わかったか？」

「まかせてください。だいじょうぶです、お父さん」と、マージョリーが言った。

「そうだったらどんなにすばらしいか」と、キングはうなるように言った。「さしあたり、これ以上危ない橋は渡れない。救援を送る」

キングは前に身をのりだし、スピーカーフォンの切断ボタンを押した。机の反対側でチーラン・スーが両手を組み合わせて立っていた。

「あの子たちに厳しすぎるわ、チャールズ」と、彼女は小声で言った。

「おまえは甘やかしすぎだ！」と、キングはやり返した。

「ファーゴたちとの一件までは、あなたの手足となってよくやってきました」

キングは眉をひそめ、いらだたしげに首を振った。「まあ、そうだな。とにかく、あそこへ赴いて、状況の脱線を食い止めろ。何かがファーゴ夫妻を刺激したんだ。ガルフストリームであそこに飛べ。やつらをなんとかしろ。あのアルトンという男もだ。あいつはもう役に立たん」

「具体的には？」

「ファーゴたちにはちゃんと役目を果たさせろ。うまくいかなかったら……ネパールは広い。人が行方不明になる場所には事欠かない」

11

ネパール、カトマンズ、ハイアット・リージェンシー・ホテル

早朝、レミのナイトスタンドで電話が鳴っていた。「サム、これって、わざと？　モーニングコールよ。いま何時か知ってるの？」

サムが受話器を取って、「では、四十五分後に」と返事をした。

「なんの話？」と、レミがたずねた。

「約束しただろう。きみはヒマラヤ式のホットストーン・マッサージ、ぼくはディープティッシュー・マッサージだ」

「ファーゴ」レミの顔に笑みが広がった。「あなたは宝物よ」

彼女はベッドをするりと抜け出てバスルームに向かい、サムはドアのノックに応えた。昨晩注文しておいた朝食がルームサービスで運ばれてきたのだ。レミの好物のコンビーフハッシュとポーチドエッグ、サムにはスクランブルドエッグのサーモン添え。

コーヒーと二人分のザクロジュースも注文してあった。

食事のあいだも、ふたりの注意は、テーブルの向こうのカウチに鎮座している謎の収納箱に向かった。レミがコーヒーをお代わりするあいだに、サムがセルマの番号をダイヤルした。

「キングがアルトンを誘拐させたんでしょうか?」と、セルマがたずねた。

「わたしたちをこっちへ送りこむために」とレミが受け、コーヒーを口にした。

セルマが言った。「フランクを探すという口実でおふたりをそっちへ呼んで……そのあとは?」

「偽旗作戦《フォールスフラッグ》」とサムがつぶやき、そのあと説明した。「諜報用語だ。諜報員は味方を装い、敵に雇われる。表向きの任務と本当の目的はまったく別物と諜報員は心得ている」

「まあ、すてき」と、レミがコメントした。

「砂上の楼閣みたいなものだが」サムが言った。「キングがそういう心づもりなら、あの男の性格からみて、計画の頓挫《とんざ》は許すまい」

「なら、チャーリーが探しているのもルイス・キングかどうかはわかりませんね。彼の目撃があったのかどうかさえ」

「チャーリーは感傷的なタイプと思えない。あえて推測するなら、チャーリーが探しているのは父親ではなく、父親が探し求めていたものかもしれない」

「おふたりの見つけた収納箱とか？」と、セルマが示唆した。

「いま言ったように、ひとつの推測だが」と、サムは答えた。


前夜、サムとレミはホテルに戻るのをやめ、警察署の南を歩いて、誰からも見えなくなったところで方向転換し、タクシーを呼び止めた。市街を十分くらいぐるぐる走りまわるよう運転手に指示し、監視されている形跡がないか、レミといっしょに様子をうかがった。双子は追ってくる気だろうし、支度の時間を与えてやるわけにはいかない。

尾行されていないと確信すると、カトマンズの南のはずれにあるレンタカー店へ行ってもらい、使い古された緑色のオペルを借りた。一時間後、彼らはチョバル峡谷から一キロ弱のところにあるモーテルの駐車場に乗り入れ、車を置いて、残りは歩いた。

警察車のなかで目印を頭に入れておいたおかげで、一時間もたたないうちにトンネルの出口は見つかった。彼らの道具もそのままトンネルのなかにあった。誰の手も触れていないようだ。

「フェデックスで送るわ」と、レミがセルマに言った。

「あれがキングの探しているものなら、こっちに置いておかないほうがいい。それに、セルマ、きみは謎解きが大好きな人間だ。きっと今回のも気に入るぞ。謎を解いてくれたら、きみの金魚鉢に例の魚を進呈しよう……いや、金魚鉢じゃなかった――」

「水槽《アクアリウム》です、ミスター・ファーゴ。金魚鉢は子どもの寝室に置くものでしょう。それに、あの魚はカワスズメの一種です。ものすごく珍しいんですよ。すごく高価で。学名は――」

「ラテン語にちがいない」とサムは受けて、くっくっと笑った。「ぼくらのネパールのからくり箱を開けてくれたら、かならず進呈するよ」

「餌で釣る必要はありません、ミスター・ファーゴ。わたしの仕事の一部なんですから」

「じゃあ、早めの誕生日プレゼントということにしましょう」と、レミが言った。そして、サムといっしょににっこりした。セルマは誕生日を祝うのが好きでなかった。特に、自分のは。

「ところで、ループから折り返し電話がありました」セルマが急いで話題を変えた。「チーラン・スーのことを調べてくれたんです。ループによると、彼女は――そのまま引用しますと――〝まるで透明人間〟だとか。運転免許証もなければ、クレジットカードもなく、公的な記録のたぐいは何ひとつありません。たったひとつ、移民記録を除いては。その記録によれば、彼女は一九八八年、十六歳のときに香港から労働ビザでアメリカに移住してきました」

「当ててみようか」サムが言った。「雇い主は〈キング・オイル〉だ」

「当たりです。でも、大事なのはこのあとです。彼女は当時、妊娠六カ月でした。計算してみました。彼女の予定日はラッセルとマージョリーの誕生日とおおむね一致しています」

「公式記録ね」レミが言った。「チャールズ・キングのことが二倍嫌いになったわ。たぶん、彼女をお金で買ったのよ」

「まちがいないな」と、サムが同意した。

「次の一歩は、どうなさいます？」と、セルマがたずねた。

「大学に戻ろう。カールラミ教授から留守番電話が入っていた。羊皮紙の翻訳が終わったそうだ。デーヴァナーガリー文字で——」

「ロワ語よ」と、レミが訂正した。「彼女の話では、あの文字はロワというらしいの」

「そうだ。ロワだった」サムが返した。「うまくいけば、教授の同僚があの墓場のことをすこし解き明かしてくれるかもしれない——せめて、ルイスと関係ないことだけははっきりさせてくれるとか」

「フランクは？」

「誘拐の裏にキングがいるとしたら、取り返すチャンスは交渉しかない。欲しいものがこっちにあるとキングが思えば、有利なかたちで取引できる。それまでは、フランクを殺すような愚かな行動にキングが出ないよう願うしかない」

カトマンズ大学

尾けられていないのを確かめたあと、サムとレミはフェデックスの取扱店を見つけて収納箱を郵送した。二日と六百ドルがかかるが、夕方には貨物便に載せましょうと担当者が請け合った。それなら安いものだとサムとレミは判断した。収納箱に興味を持っているのがじつはチャールズ・キングだったとしても、マージョリーとラッセルに打つ手がなくなるのはまちがいない。いずれにせよ、サムとレミには収納箱を開ける時間も、そのための技術や知識もなかった。セルマとピートとウェンディの手にゆだねたほうが賢明だ。

一時過ぎに大学のキャンパスに着くと、カールラミ教授は自分のオフィスにいた。冗談を交わしあったあと、三人で会議用テーブルのまわりに腰を落ち着けた。「翻訳には取り組み甲斐のある作業だったわ」カールラミ教授が話を始めた。「翻訳には六時間近くかかりました」

「お手数をかけて申し訳ありません」と、レミが言った。

「ばかおっしゃい。テレビを見て夜を過ごすより、よっぽどましよ。頭の体操になったしね。これが訳したものです」彼女はタイプした一枚の紙片をテーブルにすべらせた。「核心部分は請け合ってもいいわ。これは〈テウラン〉をムスタン王国の都ローマンタンから安全な場所へ運び出せという軍令です」

「時代は?」と、サムがたずねた。

「記されていません」と、カールラミ教授は言った。「このあと会うことになっている男性、わたしの同僚ですけど、彼のほうがその方面の知識は豊富だから、いまの質問にも答えてくれるかもしれません。テキストに、わたしが見逃した手がかりがあるかもしれないし」

「このテウランというのは……」と、レミが説明をうながした。

「〈黄金人《ゴールデン・マン》〉という異名があることを別にすれば、残念ながら、どういうものかを説明している箇所はありませんでした。でも、いま言ったように、同僚にはわかるかもしれません。軍令が発せられた理由はわかります。侵略です。ある軍勢がローマンタンに迫っていたんです。〈王家〉のため、元帥とか幕僚長に相当すると思われるムスタン軍の長が、テウランを都から運び出すよう、〈哨兵〉と呼ばれる特別な兵団に命じました。それ以上の記述はありません」

「運び出した先は?」と、サムがたずねた。

「記されていません。〝命令どおり〟という言い回しが何カ所かで使われているので、〈哨兵〉たちは個別に具体的な指示を受けていたのかもしれませんね」

「ほかには?」と、レミがたずねた。

「ひとつ、わたしの注意を引いた箇所がありました」カールラミ教授が答えた。「〈哨兵〉たちが〈黄金人〉を守るために進んで命を投げ出すことを、軍令は称えています」

「軍隊なら、特別なことじゃありません」サムが言った。「将軍が檄を飛ばし——」

「ちがった、ごめんなさい、ミスター・ファーゴ。ちょっと間違えました。職務に命を投げ出すことを〝称えた〟のではありません。使われていたのは、確信しているといったたぐいの言葉でした。文書の書き手は〈哨兵〉たちが死ぬのは当然と考えていました。生きてローマンタンに帰ってくることを期待された者はいなかったんです」

カールラミ教授が彼女の同僚のスシャント・ダレルと二時に会う段取りをつけ、彼らはそのすこし前に彼女のオフィスを出て、キャンパスを横断し、別の建物に向かった。ダレルは鉛筆のように細い、三十代なかごろの男だった。カーキ色のズボンに半袖のワイシャツという服装で、木の羽目板をあしらった教室で授業を終えるところだった。学生が全員出ていくのを待って、カールラミ教授が紹介した。サムとレミの関心事をカールラミが説明したとたん、ダレルの目が輝いた。

「いま、その文書はありますか?」

「翻訳したものも」とカールラミ教授が答え、両方を手渡した。

ダレルは両方にざっと目を通し、唇を音もなく動かしながら内容を取りこんでいった。彼は顔を上げて、サムとレミを見た。「どこで見つけたんですか？　誰が持って――」と言ったところで、彼ははっと言いやめた。「興奮してすみません。失礼しました。どうぞ、お掛けください」

サムとレミとカールラミ教授は一列目の椅子に腰をおろした。ダレルは机から椅子を引き出し、彼らの前に腰かけた。「差し支えなければですが……どこで発見されたんですか？」

「ルイス・キングという人物の所持品にありました」

「わたしの遠い昔の友人なの」と、カールラミ教授が付け加えた。「あなたが生まれる前のことよ、スシャント。自分の翻訳はかなり正確なものと信じているけど、背景事情はミスター・ファーゴとミセス・ファーゴにあまり教えてあげられなくて。あなたなら、うちの大学に常勤しているネパール史の専門家だから、力になってくれるかもしれないと思ったの」

「なるほど、なるほど」とダレルは言い、もういちど目で羊皮紙をざっと調べた。たっぷり一分ほど調べたあと、彼はまた顔を上げた。「怒らないでくださいね、ミスター・ファーゴ、ミセス・ファーゴ、面倒を省くために、おふたりがわが国の歴史をまったくご存じないことを前提にお話しします」

「それが賢明かと思います」と、サムが答えた。

「これからお話しすることの多くは、多くの人が史実ではなく伝説と考えている点も念頭に置かれたほうがいい」

「わかりました」と、レミが言った。「どうぞ、続けてください」

「これは〈ヒマンシュ軍令〉の呼び名で知られるものです。一四二一年にドルマという軍司令官が発令しました。いちばん下に、彼の公印があるでしょう。当時の慣行でした。印鑑は細心の注意を払って精巧に作られ、厳重な警護を受けた道具だったのです。軍と政府の高官には、公印を守る役目に特化した兵士が同行することもよくありました。時間をいただければ、この印の来歴を確認もしくは証明できますが、見たかぎりでは本物と考えます」

「カールラミ教授の翻訳によれば、この軍令はある遺物を安全なところへ運び出すよう命じていた」と、サムは話をうながした。「〈テウラン〉というものを」

「はい、そのとおりです。〈黄金人〉の呼び名でも知られるもので。残念ながら、ここには史実に神話が混じってきます。テウランは人間に似た生き物の、実物大の像だったと言われています。回答する人によって答えはさまざまですが、その生き物の遺骸という説もあります。背景にある物語は、キリスト教の聖書にある『創世記』に似ています。テウランは、この地上に……」ダレルが適切な言葉を探すあいだに声が尻すぼみになった。「〝命を授ける者〟の遺骸と言われていましたから。言うなれば、〈人類の母〉ですね」

「それはまた重い肩書だ」と、サムが言った。

ダレルが一瞬、額にしわを寄せ、そのあと微笑んだ。「ああ、なるほど、そういう意味ですか。はい、たしかに重い肩書ですね、テウランのそれは。実在のものか神話上のものかはともかく、〈黄金人〉はムスタンの人々から——さらに言えば、ネパール人の多くから——崇拝されるシンボルになりました。しかし、テウラン伝説の起源はローマンタンにあると言われています」

「この〝命を授ける者〟ですけど」レミが言った。「比喩的なものか、文字どおりのものか、どっちと考えられているんですか?」

ダレルは微笑を浮かべて肩をすくめた。「宗教的な物語と同様、その解釈は信じる者の心にあります。この軍令が発せられた当時は、文字どおりに信じる人のほうが多かった、と申し上げるのが無難でしょうね」

「この〈哨兵〉について、わかっていることはありますか?」と、サムがたずねた。

「選り抜きの兵士で、今日の特殊部隊に相当します。いくつかの文献によれば、彼らは若いころから、ひとつの目的のために訓練を受けていました。つまり、テウランを守るために」

「カールラミ教授のお話では、〈哨兵〉が遂行することになっていた移送計画で、軍令に〝命令どおり〟というフレーズが出てきます。これについてはどうお考えですか?」

「計画の細かなところはわかりません」ダレルが答えた。「しかし、わたしの理解するところでは、〈哨兵〉は数十人しかいなかった。都を出るにあたって、彼らはおのおの収納箱をひとつ運ぶことになっていました。侵略者を惑わせるために。その箱のひとつに、テウランの遺骸が納められていたと言われています」

サムとレミが横目で笑みを交わした。

ダレルが、「軍と政府の選ばれた少数の人間だけでした、どの〈哨兵〉が本物の遺骸を運んでいるかを知っていたのは」と付け加えた。

「ほかの収納箱には?」と、サムがたずねた。

ダレルが首を横に振った。「わかりません。空《から》だったかもしれないし、テウランの複製が入っていたのかもしれない。いずれにしても、追っ手を閉口させるための計略です。〈哨兵〉は最高の武器を装備し、最速の馬を駆って都を逃れ、追っ手を分散させるよう幾手にも分かれた。運と高度な技術があれば、テウランを運んでいた〈哨兵〉は逃げきり、所定の場所に箱を隠すことができる」

「どんな武器を持っていたのか、教えてもらえますか?」

「おおまかにでしたら。刀剣。短剣数本。弓。そして、槍」

「この計画が成功したかどうか、文献はないんですか?」と、レミがたずねた。

「ありません」

「収納箱はどんな形をしていたんでしょう?」と、レミがたずねた。

ダレルは机からメモ帳と鉛筆を取り出し、ふたりが洞穴から回収した箱に驚くほど似た木製の立方体を素描した。「わたしの知るかぎり、これ以上の記述はありません。敵がひとつ見つけるたびに、開けるのに数日ないし数週間の時間がかかるよう、精巧な設計がほどこされていたと言われています」

「そうすることで、ほかの〈哨兵〉の時間を稼ぐわけだ」と、サムが言った。

「そのとおりです。また、〈哨兵〉には、脅しに利用されないよう、家族も友人もいなかった。さらに、若いころから、最悪のたぐいの拷問に耐える訓練も受けていた」

「驚くべき献身だわ」と、レミが感想を述べた。

「たしかに」

「テウランがどういうものか、説明してもらえますか？」

ダレルはうなずいた。「さっきも申し上げたように、人間に似ていたが、全体的には……獣めいた感じだったと言われています。骨は純金で、目はある種の宝石――ルビーとかエメラルドとか――でできていた」

「それで〈黄金人〉」と、レミが言った。

「はい。ここに……画家の想像図があります」ダレルは立ち上がって机を回りこみ、三十秒くらい引き出しをかき回してから、革綴《と》じの本を手にファーゴたちのところへ戻ってきた。ぱらぱらページをめくって、手を止めた。本をくるりと回して、サムとレミに手渡す。

しばらくして、レミがつぶやいた。「あら、ハンサム」

かなり図案化されてはいるが、この本に描かれたテウランの想像図は、ふたりが洞穴で見つけた盾のエッチングにそっくりだった。

一時間後、ホテルに戻ると、サムとレミはセルマに電話をかけた。サムが大学への訪問を詳細に物語った。

「びっくりです」と、セルマが言った。「これは一生に一度の発見ですよ」

「わたしたちの手柄とは言えないわ」と、レミが答えた。「ルイス・キングのほうが先だったんじゃないかと思うし、そう考えるのが正しい気がする。それどころか、彼が何十年もかけてこれを探し求めていたのだとしたら、これはすべて彼のものよ――もちろん、死後の功績としてだけど」

「つまり、彼は死んだものと想定しているわけですか?」

「そんな気がする」と、サムが答えた。「ほかの誰かがぼくらより先にあの墓場を見つけていたら、公表されていたはずだ。考古学的な遺跡発掘現場が構築されて、中身はどこかに移されていたはずだ」

レミが話を受けた。「ルイス・キングはあの洞窟系を探検して、あの鉄道レールの大釘を打って、墓場と収納箱を発見して、地面の穴を引き返そうとしているときに落ちてしまったにちがいないわ。収納箱は、あとで取りにくるつもりで。だとしたら、ルイスの遺骨はバグマティ川の地下支流に散らばっていることになる。残念だわ。もうすこしだったのに」

「しかし、早合点は慎んだほうがいい」と、サムが言った。「たぶん、ぼくらの発見した収納箱はおとりのひとつにすぎない。それでも重大な発見だろうが、大発見とまでは言えない」

「あれが開いたら——開いたときに——はっきりします」と、セルマが言った。

さらに二、三分、セルマと話をしてから、ふたりは通話を切った。

「さて、どうしよう?」と、レミが訊いた。

「きみはどうか知らないが、あの不気味な双子はもうたくさんだ」

「訊くまでもないわ」

「こっちに着いてから、ずっとぼくらにつきまとってきた。そろそろやり返すときじゃないか——キング・シニア本人にも」

「秘密の偵察?」レミの目がきらりと光った。

サムは彼女を一瞬見つめ、それからうっすら笑みを浮かべた。「ときどき、きみの熱意が怖くなる」

「秘密の偵察、大好きよ」

「わかっているさ、愛しの君。ぼくらが手に入れたものはキングが探しているものかもしれないし、ちがうかもしれない。あの男を信じさせられるかどうか、やってみよう。木を揺すって、何が落ちてくるか見てみるんだ」

12

ネパール、カトマンズ

キングの双子がネパールで父親の採掘会社を差配していると知るや、セルマはわずか二、三時間でそこの詳細を洗い出した。〈キング・オイル〉の子会社という錦の御旗を掲げて操業している採掘キャンプは、カトマンズの北のランタン峡谷にあった。

サムとレミは軍の払い下げ品取扱店にもういちど赴き、新たにレンタルしたレンジローバーの後部に道具を詰めこんで出発した。そろそろ午後五時になろうかところだ。日没まで二時間たらずだが、キングの双子から遠ざかりたかった。そっとしておいてくれるはずはないと、サムもレミも思っていた。

採掘キャンプはカトマンズの北、直線距離で五〇キロたらずのところにあった。車だと距離はその三倍以上になる――欧米諸国なら短いドライブだが、ネパールでは一日がかりの長旅だ。

「この地図から判断すると」助手席からレミが言った。「この国のハイウェイというのは、牛の道よりすこし広くて、ほんのちょっと手入れが行き届いた未舗装道路のことみたい。トリスリ・バザールを過ぎると二級道路になるわ。二級というのがどういう意味かは、神のみぞ知るだけど」

「トリスリまでの距離は？」

「運がよければ、日没前に着けるでしょうけど。サム……山羊よ！」

サムが目を上げると、十代の女の子が山羊を連れて道を横断しようとしていた。迫ってくる車に気がついていないらしい。レンジローバーはキキッと横すべりして停止し、茶色い埃をもうもうと舞い立たせた。女の子は顔を上げ、うろたえもせずに、にっこり微笑んだ。手を振ってくる。サムとレミも振り返した。

「教訓を学びなおしたよ」と、サムが言った。「ネパールに横断歩道はないって」

「山羊に通行優先権があることも」と、レミが付け足した。


市の境界線を越えて山のふもとに入ると、左右に段々畑が広がってきた。茶色い斜面がみずみずしい緑に覆われている。すぐ左をトリスリ川が流れていた。春の流去水で川が増水して、大きな岩の上を激しく洗い、小石と沈泥で水は鉛のような灰色をしている。遠くの木々のなかに掘っ立て小屋の群れが見えた。北と西の遠くにはヒマラヤの高峰がそびえ、ギザギザの黒い山頂が空を背景にしている。

二時間後、太陽が山陰に沈みこもうとするころ、ふたりはトリスリ・バザールに車を乗り入れた。ホステルのひとつに泊まりたいのはやまやまだったが、すこし疑心暗鬼になって不自由な思いをするほうが賢明と判断した。キングたちがこっちで彼らを探そうとする可能性がどんなに小さくても、最悪の事態を想定しておきたい。

レミの指示にしたがって、サムはレンジローバーで村を出た。ヘッドライトをつけて進んでいく。左へ曲がって細い取付道路に乗り、地図に〝トレッカーの中継地〟と書かれているところへ向かった。モンゴルのパオに似た円形の小屋が並ぶ、楕円形に近い空き地に乗り入れて、そこに停止した。ヘッドライトを消し、イグニションを切る。

「誰か見えるか？」サムが周囲を見まわした。

「いいえ。わたしたちだけみたい」

「山小屋か？　それともテントか？」

「大枚はたいた不格好なパッチワークテントを、無駄にしちゃもったいないわ」と、レミが言った。

「それでこそ、ぼくの妻だ」

十五分後、ヘッドライトの光の下で、小屋の群れから何百メートルか奥の松林にキャンプを設営した。レミが寝袋を広げおえたところで、サムが火をおこした。

食料をかき分けながらサムがたずねた。「乾燥チキンの照り焼きがいいか……それとも、乾燥チキンの照り焼きがいいか？」

「早く食べられるほう」と、レミが答えた。「すぐに寝ちゃうし。頭痛がひどいくなっているよ」

「空気が薄いせいだな。このあたりは海抜二七〇〇メートルくらいだ。明日は良
の」

食品のパックは数分で温まった。食べおわると、サムがカップ二杯分の烏龍茶を沸かした。焚き火の前にすわって炎の踊りを見つめる。木々のどこかからフクロウの声がした。

「キングが探し求めているのがテウランだとしたら、動機は何かしら?」と、レミが言った。

「さっぱりわからない」サムが答えた。「どうしていろんな口実を設ける必要があるのか? なぜ子どもたちに高圧的なのか?」

「権力の持ち主で、アラスカ級の大きなエゴの持ち主で――」

「そのうえ、傲慢な支配魔だから」

「それもあるわね。これがあの男の活動様式なのかも。誰も信用せず、あらゆるものを鉄の親指で支配する」

「きみの言うとおりかもしれない」サムが答えた。「しかし、あの男を駆り立てているのがなんであれ、テウランみたいな歴史的に重要なものを引き渡してやるわけにはいかない」

レミがうなずいた。「わたしたちが彼の人格を見誤っているのでないかぎり、ルイス・キングも同じ意見だと思うわ——生死のほどはわからないけど。彼ならあれを、ネパールの国立博物館か大学に引き渡そうと考えるはずよ」

「同じくらい大事なことがある」サムが付け加えた。「どういうねじれた理由があったにせよ、フランクを誘拐させたのがキングだとしたら、全力を挙げてその報いを受けさせる」

「相手は戦わずに引き下がるタマじゃいないわよ、サム」

「こっちもさ」

「わたしの愛する男にふさわしい言葉だわ」と、レミが返した。

レミがマグを掲げると、サムは彼女の腰に腕を回して引き寄せた。

翌日は夜明け前に起き出し、食事をとって、荷造りをして、午前七時には道路に戻っていた。標高が上がり、ベトラワティとかマニガウンとかラムチェとかタールという名前の小村を次から次へと通り過ぎるうちに、風景は緑色の段々畑と単色の丘陵から、樹冠が三重になった深い森と狭い峡谷に変わってきた。見晴らしのいい高台で簡単な昼食をとってから、また進みはじめ、一時間後に分岐点にたどり着いた。ボカ・ジュンダのすぐ北にある無表示の道路だ。サムは交差点でレンジローバーを停め、ふたりで目の前の未舗装道路をざっと見渡した。道幅は、ローバーの車体よりかろうじて広い程度だ。鬱蒼《うっそう》と茂った群葉に囲まれ、道路というよりトンネルに近い感じがした。

「どこかで見たような光景だ」と、サムが言った。「何カ月か前に、この道に来なかったたか？　国はマダガスカルだったたが？」

「気味悪いくらい似てるわね」と、レミが同意した。「念のため、もう一回確かめてみる」

彼女は人差し指で地図をなぞりながら、ときおり自分のメモを確かめた。「ここでいいんだわ。セルマによると、採掘キャンプは二〇キロ東。ここから何キロか北にもうすこし大きな道路があるけど、キャンプ用の輸送に使われているものよ」

「だったら、裏の窓から忍びこむのがいちばんだ。受信は?」

レミが足の間から衛星電話をつかみ取り、メッセージを確かめた。しばらくして彼女はうなずき、指を一本持ち上げて、耳を傾けた。スイッチを切る。「大学のダレル教授からよ。いろいろ電話してくれたみたい。この国でムスタン史の専門家と考えられている郷土史家が、ローマンタンにいるそうよ。わたしたちと会うことに同意してくれたって」

「いつ?」

「そこに着き次第」

サムはすこし考えて、肩をすくめた。「いいんじゃないか。キングの採掘キャンプに侵入して捕まらずにすめば、そう遠くないうちに、ローマンタンに行けるだろう」

彼はローバーのギアを入れて、アクセルを踏んだ。

すぐに勾配がきつくなり、道路がジグザグになってきた。時速一五キロという遅い速度にもかかわらず、ジェットコースターに乗っているような心地がした。通り過ぎる群葉のすきまから、峡谷や激しく押し寄せる川の水流や露出したギザギザの岩がときおりのぞいたが、森に吸いこまれるようにすぐ見えなくなった。

九十分近く走ったあと、サムはとりわけきついカーブを回りこんだ。「大きな木が！」と、レミが叫ぶ。

「見えている」と、サムが返した。すでにブレーキをぐっと踏みこんでいた。

フロントグラスに緑の壁が大きく迫ってきた。

「そうじゃないと言ってくれ」と、サムが言った。「セルマがまちがえたのか？」

「ありえないわ」

ふたりで車を降り、頭を引っこめて、ローバーを取り巻く群葉を縫うように進み、最後にフロントバンパーのところへ戻ってきた。

「駐車係もいない」と、サムがつぶやいた。

右からレミが言った。「道があったわ」

サムが歩み寄った。レミの言うとおり、轍のついた細い道が木々のなかへ続いていた。サムがコンパスを取り出し、レミが方位を地図と照合した。

「あの道を三キロくらい」と、彼女は言った。

「ネパールの距離に換算すると……十時間くらいか？」

「そんなところね」と、レミが同意した。


道をたどってジグザグの下り坂をひとしきり歩くと、川のほとりに出た。北から南へ流れる水が、苔《こけ》に覆われたひと続きの大きな岩に砕け、水煙がもうもうと渦を巻いていて、サムとレミはまたたく間にずぶ濡れになった。

川にそって道を南へ進み、比較的ゆるやかな一角にたどり着くと、彼らの肩幅よりかろうじて広い程度の木の吊り橋があった。川の上に両岸から木々がのしかかっている。橋の上にも蔓と枝が垂れ下がり、反対側がよく見えない。

サムがリュックを下ろして、両手でロープの手すりをつかみ、橋へそっと足を乗せて、割れ目やゆるんだ板がないか探ってから体重をかけた。橋の中間点までたどり着くと、試しに跳んでみた。

「サム！」

「しっかりしてるみたいだ」

「二度としちゃだめよ」サムの顔に半笑いが浮かんでいるのを見て、彼女はすっと目を細めた。「あなたの次は、わたしが乗らなくちゃいけないのに……」

彼は声をあげて笑い、それから向き直って、彼女が立っている場所へ歩いて戻ってきた。「だいじょうぶだ、ふたりで乗っても支えられる」

彼はリュックを背負い、先に立って橋へ戻った。途中で二度、しばらく止まって橋の揺れがおさまるのを待ったが、ふたりで反対側へたどり着いた。

それから一時間、森に覆われた斜面を縫うように上がっては下り、谷を渡っていくと、やがて行く手の木々がまばらになってきた。頂上に出ると、ディーゼルエンジンの轟音《ごうおん》と、トラックがバックするときのビーッ、ビーッ、ビーッという音が聞こえてきた。

「伏せろ！」と、サムがかすれ声で言い、腹這いになって、いっしょにレミを引っぱった。

「どうしたの?」彼女は言った。「なんにも見えな――」

「ぼくらの真下だ」

サムはついてこいとレミに身ぶりで伝え、左に体を回して、山道から低い藪《やぶ》のなかへ這い進んだ。五メートルくらい進んでから動きを止めて、さっと振り返り、指を曲げてレミを呼んだ。レミが彼の横へ這い進む。サムが指先で群葉を分けた。

真下の地面に、アメフトのボールのような形をした穴が開いていた。幅が二〇〇メートルくらい、長さが四〇〇メートルくらいで、深さは一〇メートルくらいか。穴の片側の側面は垂直に近く、周囲の森から黒土の急斜面がすとんと落ちている感じだ。まるで巨人がクッキーの抜き型を地面に押しつけて、えぐり出したかのように。穴の底の真ん中にある、ならされた道を、黄色いブルドーザーとダンプカーとフォークリフトが行き来し、端のほうで何組かの男が、地中へ消えていく横穴らしきもののまわりでショベルとつるはしを使って作業に当たっていた。遠いほうの端に土の傾斜路があり、そこから空き地と主要な連絡道路らしきところへ上がれるようになっている。空き地の両側には、建設用トレーラーとかまぼこ形の小屋が並んでいた。

サムは引き続き現場の周囲を見まわした。「見張りがいる」とつぶやく。「穴の周囲に生えている木々のなかと、空き地に配置されている」

「武器は持っている？」

「ああ。アサルトライフルだ。しかし、ありふれたAK－47じゃないな。どのモデルかわからない。いずれにしても、現代的なモデルだ。こんな採掘現場は初めてお目にかかる」と、サムが言った。「バナナ共和国《リパブリック》（中南米の貧しい小国）を除いての話だが」

レミが穴の急斜面を見つめた。「横穴は十三……いえ、十四あるわ。どれも、人と手持ちの道具しか入れないくらいの大きさよ」

ブルドーザーとダンプカーは穴の端を避けて通っているようだ。しかし、ときおりフォークリフトがトンネルのひとつに近づいて、防水シートをかぶせたパレットを持ち上げ、傾斜路を登って姿を消した。

「双眼鏡が要るわ」と、レミが言った。

サムがリュックから取り出して、手渡す。レミは全体を三十秒ほど見渡して、サムの手に返した。「傾斜路から右へ三本目の横穴だけど、見える？　急いで。蓋をされないうちに」

彼は双眼鏡をぐるりと回した。「見えた」

「拡大して、パレットを見て」

サムは言われたとおりにした。しばらくして彼は双眼鏡を下ろし、レミを見た。

「いったいなんだ、あれは?」

「わたしの専門分野じゃないけど」レミが言った。「ゴライアス・アンモナイトにまちがいないわ。巨大なオウムガイみたいな、化石の一種よ。ここは採掘キャンプじゃないわ、サム。遺跡発掘現場なのよ」

13

ネパール、ランタン峡谷

「遺跡発掘現場?」サムがおうむ返しに言った。「なぜキングが遺跡を発掘したりするんだ?」

「確かなことは言えないけど」レミが言った。「ここで行なわれていることは、ネパールの法律を十以上破っているわよ。この国は考古学的発掘、とりわけ化石の発掘を重大視しているから」

「闇取引か?」と、サムが推測した。

「わたしの頭にも、まずその可能性が浮かんだ」と、レミが応じた。

ここ十年で、化石の違法な発掘と販売は一大産業になった——とりわけアジアでは。なかでも中国は、数多くの調査機関から最大の違反者と名指しされているが、中国国内でペナルティを科す執行手段を持ち合わせた機関はどこにもない。〈環境保護イニシアティブ〉の報告によれば、昨年、闇市場で売られた化石遺物は何千トンにものぼり、そのうち未然に防ぐことができたのは一パーセントに満たないと推定されていた。有罪判決につながった例は一件もない。

「莫大な利益よ」レミが言った。「個人蒐《しゅうしゅう》集家は無傷の化石に喜んで何百万ドルも出す。特に、俗受けする種のものには。ヴェロキラトプルとかティラノサウルス・レックスとか、ステゴサウルスとか……」

「何百万ドルかくらい、キングにとってはポケットマネーだ」

「そのとおりだけど、目の前の光景は否定できないわ。これなら、キングを動かすてこの力に使えるんじゃない、サム？」

彼は微笑んだ。「たしかに。しかし、写真以外にも必要なものがある。ちょっとした不正行為に出てみないか？」

「わたし、不正行為の大ファンよ」

サムが腕時計で時間を確かめた。「日没まで二、三時間ある」

レミはくるりと向きを変えて、自分のリュックからデジカメを取り出した。

「日が沈むまで、日光を最大限に活用しておくわ」

光のいたずらか、純然たる現象か、ヒマラヤ山脈の黄昏は何時間も続くような気がした。サムとレミが茂みにしゃがみこんだ一時間後に太陽は西の山々の向こうへ沈みはじめ、次の二時間で夕闇がじわじわ森の上に下りてきて、やがてブルドーザーとダンプカーのヘッドライトが点灯した。

「そろそろ終わりのようだ」と、サムが指差した。

穴の周縁で横穴から発掘作業員たちが現われ、傾斜路に向かっていた。

「夜明けから日没まで働くのね」と、レミが言った。

「おそらく、雀の涙ほどの時給で」と、サムが返した。

「だとしたら、撃たれずにすむことが彼らの報酬なのかも」

右のほうから、木の枝が折れるポキンという音がした。ふたりはギョッと凍りついた。しばらく静かになった。そのあと、ザクザクとかすかな足音が近づいてきた。サムは手のひらを開いてレミに合図を送り、いっしょに地面に伏せて、音のしたほうに顔を向けた。

十秒が経過した。

山道に黒い人影が現われた。くすんだオリーブ色の制服に、柔らかいジャングルハット。アサルトライフルを斜めにかけている。男は穴の縁まで進んで足を止め、下を見つめた。双眼鏡を目に当てて、見渡す。たっぷり一分くらいそうしてから双眼鏡を下ろし、向きを変えて道をはずれ、姿を消した。

サムとレミは五分待ってから、肘をついて起き上がった。「顔を見た？」と、レミがたずねた。

「こっちに足を踏み出すかどうか見定めるのに必死で、それどころじゃなかった」

「中国人だったわ」

「確かか？」

「ええ」

サムはしばらく考えた。「チャールズ・キングには中国に協力者がいるということか。しかし、小さな朗報もある」

「どんな？」

「あいつが持っていたのは夜間用の双眼鏡じゃなかった。つまり、心配の必要があるのは、暗闇でたまたま誰かと鉢合わせになることだけだ」

「相変わらず楽観的ね」と、レミが返した。


ふたりは観察と待機を続けた。作業員と道具が全部傾斜路を上がって見えなくなるのを待つだけでなく、ほかの見張りが現われる気配がないかにも目を配った。

夜の闇が完全に下りてから一時間、もう動きだしても危険はないと判断した。ロープを持ってこなかったため、自然の活用を試みた。十分かけて森の地面をくまなく探していくと、必要を満たしてくれるだけの長さがある強そうな蔓が見つかった。サムは片方の端を近くの木の幹にしっかり結びつけると、残りを巻いて穴に投げ落とした。

「最後の二、三メートルは、飛び下りることになる」

「信じていたわ。落下傘の訓練がいつか役に立つ日が来るって」と、レミが答えた。「手を貸して」

サムが異議を申し立てる前に、レミは横に体をくねらせて、穴の縁から下半身をすべらせた。サムが彼女の右手をつかみ、レミは左手で蔓を握り締めた。

「じゃあ、また下で」彼女は笑顔でそう言うと、下へ降りていって見えなくなった。やがて彼女は蔓の端に達し、そこで手を放して、地面に足がつくと同時に肩からくるりと回転し、膝立ちの姿勢になった。

「見せてくれるな」とサムはつぶやき、それから縁を越えた。すぐに彼女のそばへ着地して、自分も回転してみせたが、妻ほど優雅にはいかなかった。「練習していたな」と、レミに言った。

「ピラティスでね」彼女は答えた。「バレエでも」

「バレエなんてやったことないだろう」

「小さいころにやったのよ」

サムはうなり声をあげ、レミはなだめるように頬にキスをした。「どこに行く?」

サムが五〇メートルくらい左にある、いちばん近い横穴を指差した。ふたりで体をかがめ、穴の側面にそって入口へダッシュ。なかに入ったところでしゃがみこむ。

「ちょっと見てくる」とレミが言い、そっと奥へ進んだ。

しばらくして、彼女はサムのそばへ戻ってきた。「二、三の標本に取り組んでいるみたいだけど、あっと驚くようなものはなかったわ」

「次に進もう」と、サムが言った。

ふたりで次の横穴に駆けこみ、同じことを繰り返したが、結果は同じで、三つ目の横穴に向かった。入口まであと三メートルというところで、穴の反対側に立っているポールの照明灯がぱっと灯り、穴の半分を明るい光のなかに投げこんだ。

「急げ！」サムが言った。「なかへ！」

入ると同時にザザッと急停止して、腹這いになった。「見られた？」レミがささやき声でたずねた。

「見られていたら、たちまち砲火を浴びるだろうな」と、サムが返した。「いずれにしても、すぐわかる」

　ふたりは息をひそめて待った。ドヤドヤと足音がしてくるか、乾いた銃声が聞こえるのをなかば予期していたのだが、どちらも起こらなかった。かわりに、傾斜路のあたりから女の声が何か叫んでいるのが聞こえた。吠えるように命令を発している。

「聞き取れたか、いまの？」と、サムがたずねた。「中国語か？」

　レミがうなずいた。「一部しか聞き取れなかった。〝連れてこい〟とか言ってたと思う」

　何センチか前へ這い進み、入口の端からのぞきこんだ。労働者が二、三十人、見張り四人に挟まれて傾斜路を下りてきた。列の先頭に、黒いジャンプスーツを着た小柄な女の姿が見えた。一団が穴の底に着くと、見張りたちはサムとレミが隠れている場所と向き合うかたちで、労働者を一列に並ばせた。先頭の女はそのまま歩いていく。

　サムは双眼鏡をつかんで女に合わせ、拡大した。双眼鏡を下ろし、横目でレミを見た。「信じられないかもしれないが。〝身構えた虎《クラウチング・タイガー》、恐怖の淑女《スケアリー・レディ》〟その人だ」と、彼は言った。「チーラン・スー」

レミはカメラをつかんで、シャッターを切りはじめた。「写せたかどうかわからないけど」と、レミは言った。

スーがとつぜん立ち止まり、集められた労働者のほうへくるりと向き直って、何事か怒鳴りながら激しい身ぶりを示しはじめた。レミは目を閉じて、言葉を聞き取ろうとした。「泥棒がどうとか言ってるわ。発掘現場から盗まれた。遺物がなくなっている」

スーがとつぜん口を閉じた。ひと呼吸置いて、労働者の一人に非難の指を突きつけた。見張りの男たちがたちまち押し寄せ、一人がライフルの台尻を腰のくびれに打ちつけると、男は前に倒れて大の字になった。別の見張りが引っぱり上げて立たせる。なかば引きずるようにして前へ進ませた。彼らはスーの一メートルくらい前で足を止めた。見張りが放すと、男は膝をつき、何事かまくし立てはじめた。

「命乞いをしているのよ」レミが言った。「自分には妻と子どもがいる。盗んだのは小さなかけらだけで……」

なんの警告もなしにチーラン・スーはウエストバンドから拳銃を抜き、一歩前に進み出て男の額を撃ち抜いた。男は横によろけて倒れ、そのまま動かなくなった。

スーがまた話しはじめた。レミはもう通訳していなかったが、言わんとしていることを理解するのに想像力は必要ない。盗みを働けば命はない、ということだ。見張りたちが労働者を押したり突いたりしながら、傾斜路へ戻しはじめた。スーもそのあとに続き、やがて男の死体だけが穴に取り残された。照明灯が明滅して消えた。

サムとレミはしばらく言葉を失っていた。ようやくサムが口を開いた。「これまであの女に、すこしは同情しないでもなかったが、それもたったいま消えてなくなった」と言った。

レミがうなずいた。「あの人たちに力を貸してあげなくちゃ、サム」

「そのとおりだ。残念ながら、今夜は力になれないが」

「スーを拉致して、それを餌に――」

「喜んで」サムが割りこんだ。「と言いたいところだが、警戒を招かずにそれができるかな。一キロも行かないうちに捕まってしまう。いまぼくらにできるのは、キングの活動を告発することじゃないか」

レミはすこし考え、それからうなずいた。「写真だけじゃ、充分とは言えないわ」と、彼女が指摘した。

「同感だ。上にあったトレーラーの一台が事務所にちがいない。動かぬ証拠があるとしたら、そこだ」

騒ぎが収まったと確信できるまで待ってから、横穴をひとつずつ順番に見ていき、サムが見張りに立つあいだにレミが写真を撮った。

「あそこにあるのはカリコテリウムよ。それも手つかずの」

「何があるって？」

「カリコテリウム。鮮新世後期に生息していた奇蹄目《きていもく》の動物――手足が長くて、馬と犀《サイ》をかけ合わせたみたいな感じなの。およそ七百万年前に絶滅してしまったけど。すごく興味深い生き物で、本当に――」

「レミ」

「え？」

「あとにしないか」

彼女は微笑んだ。「そうだった。ごめんなさい」

「値打ちは？」

「推測するしかないけど、状態のいい標本なら、もしかすると五〇万ドルくらいは」

サムは傾斜路と空き地に動きがないかざっと見渡したが、この区域を巡回している人間は一人しか見えなかった。「入ってくる人間のことは、出ていく人間のことほど心配していないようだ」

「さっきのあれを見たあとだから、同意するしかないわ。どういう計画？」

「姿勢を低く保っていけば、傾斜路を上がりきるまで見られる心配はない。いちばん上で止まって、見張りが通り過ぎるのを待ち、そのあと左側の一台目のトレーラーまで全力疾走して下にもぐりこむ。あとは事務所を見つけるだけだ」

「あっさりと？」

サムは彼女を見て、にやりとした。「大富豪から化石をひとつ奪うくらい」と彼は受け、そこでいちど言葉を切った。「忘れるところだった。カメラを貸してくれないか？」

レミが手渡す。サムは穴の真ん中へ全力で駆けこみ、倒れている男のそばに膝を折った。服を調べ、体を転がして顔の写真を撮ってから、レミのところへ急いで駆け戻った。

「穴は朝までに、スーが埋めさせてしまうだろう。見込みは小さいが、彼の家族に何があったか伝えるくらいはできるかもしれない」

レミが微笑んだ。「いい人ね、サム・ファーゴ」


巡回員の姿がふたたび見えなくなるのを待って、横穴をそっと出たふたりは、壁にそって傾斜路へ駆けこんだ。三十秒後、彼らはてっぺん近くで腹這いになっていた。

ほとんどなんの障害物もなく、空き地全体を見渡すことができた。両側に合わせて八台のトレーラーがある。左の三台は一列に並び、右の五台は太めの三日月形を描いていた。左側のトレーラーはカーテンを掛けた窓に灯りがともっていて、なかから小さいながらも声が聞こえた。右側のトレーラーのうち、サムとレミから近い三台には灯りがともっていて、あとの二台は真っ暗だ。真正面に倉庫らしきかまぼこ形の建物が四つあり、そのあいだをキャンプに出入りする主要道路が走っている。建物の扉の上にはそれぞれナトリウム灯が付いていて、道路に淡い黄色の光を投げかけていた。

「建物は、道具を入れるガレージね」と、レミが推測した。

サムがうなずく。「どれかに賭けなくちゃならないとしたら、事務所は暗い二台のひとつかな」

「わたしも同感。たどり着くには用心が必要だけど」

レミの言うとおりだった。問題のトレーラーにまっすぐ向かうわけにはいかない。巡回員がだしぬけに現われたり、窓から見られたりしたら、あっさり捕まってしまう。

「慎重を期して、最初の三台を盾に使おう」

「事務所に錠がかかっていたら?」

「必要なら、危ない橋も渡るさ」サムが腕時計で時間を確かめた。「そろそろ見回りに来るな」

予想どおり、二十秒後、巡回員がいちばん手前のかまぼこ形の建物を回りこみ、左側の三台に向かってきた。トレーラーをそれぞれ懐中電灯でざっと調べ、空き地を横断して、残りの五台にもお決まりのチェックを繰り返し、それから姿を消した。

サムはさらに二十秒待って、レミにうなずきを送った。ふたり同時に立ち上がり、傾斜路の残りをゆっくり駆け上がると、方向転換して一台目に向かった。トレーラーの後面の前で立ち止まり、大きな支柱《パイロン》を盾にした。

「何か見えるか?」と、サムがたずねた。

「人影なし」

ふたりで立ち上がり、後壁にそって次のトレーラーへ忍び寄ると、また足を止めて、目と耳を働かせてから進みはじめた。三台目の後ろで止まったとき、サムが腕時計を軽くたたいて、口の動きで〝巡回員〟と伝えた。なかから、中国語の話し声とラジオの音楽のかすかな旋律が聞こえてきた。

サムとレミは地面にぴたりと伏せて動かずにいた。巡回員はだいたい思ったとおりに彼らの左の空き地へ入ってきて、懐中電灯で調べはじめた。ふたりのいるトレーラーのそばに来る。彼らが息をひそめているあいだに、懐中電灯の光がトレーラーの下の地面をかすめていった。

光がとつぜん止まった。サムとレミが隠れているパイロンに戻り、また止まった。ふたりは腕を押しつけあうように体を寄せていた。サムが勇気づけるようにレミの手をぎゅっと握る。〝待て。動くな〟と。

何分にも感じられたが、おそらく十秒たらずだったのだろう。光はまた先へ進んでいった。巡回員のブーツが砂利を踏みしめる音が小さくなっていく。サムとレミは用心深く立ち上がり、トレーラーのまわりを回った。動きがないか左右を確かめ、そっと前へ回りこみ、事務所でありますようにと願った一台のステップへ、抜き足差し足で近づいていった。

サムがドアの取っ手を試した。ロックされていない。ふたりはほっと安堵の笑みを交わした。サムがドアをすこしずつ開けて、なかをのぞいた。引き戻した頭を横に振り、口の動きで〝備品置き場〟とレミに伝えた。次のトレーラーへ移動する。ありがたいことに、こんどもドアはロックされていなかった。サムがなかを調べ、ドアから腕を引き戻して、レミに入るよう身ぶりで伝えた。なかに入った彼女が注意深くドアを閉めた。

トレーラーの後壁前は書類整理棚と収納棚に占拠されていた。ドアの左右にそれぞれ、灰色に塗られたおんぼろのスチールデスクと、おそろいの椅子が置かれている。

「そろそろ来るんじゃない?」と、レミがささやいた。

サムが腕時計を確かめ、うなずく。

しばらくして、巡回員の懐中電灯がトレーラーの窓をさっと照らし、それからまた離れていった。

「どんなものでもいい。詳細のわかるものを探すんだ」サムが言った。「会社の名前、口座番号、顧客名簿、納品書。捜査当局が食いつけるものならなんでもいい」

レミがうなずいた。「全部、あったところに戻しておかなくちゃね。なくなったものがあったら、誰がとがめを受けるかわかっているし」

「銃弾まで食らわされるからな。いい指摘だ」サムは腕時計を見た。「時間は三分」

ふたりで書類整理棚にとりかかり、引き出しをひとつひとつ調べ、フォルダーとファイルも逐一調べた。レミのデジタルカメラは何千枚も撮影可能だから、トレーラーの外の間接照明を利用して、すこしでも重要そうなものはすべて写真に収めた。

三分が近づいてくると、彼らは作業の手を止めて、じっとしていた。巡回員がそばを通って異常がないかざっと調べ、また立ち去った。ふたりは調べを再開した。さらに四回同じプロセスを繰り返し、最後に、収められるものはすべて収めたと確信した。

「帰る時間だ」サムが言った。「ローバーまで、来た道を――」

外で警報音が鳴りはじめた。

サムとレミは一瞬凍りつき、そのあとサムが言った。「ドアの後ろだ!」

ふたりで壁にぴたりと体を押しつけた。外でドアが開く音がいくつかして、砂利の上に足音がし、叫び声がした。

サムがレミにたずねた。「何か聞き取れるか?」

彼女は目を閉じて、じっと耳を傾けた。その目がぱっと見開いた。「サム、レンジローバーが見つかっちゃったみたい」

14

ネパール、ランタン峡谷

サムが返事をする間もなく、トレーラーのドアが開かれた。サムが指の先を使って、ふたりの顔の数センチ前でドアを止めた。巡回員の一人が入口を踏み越え、手にした懐中電灯の光がさっと空間をかすめていく。その手が止まった。サムの目に、男の肩が回りはじめるのが見えた。ふたりのほうを向くということだ。

サムは腰でドアを閉めると、大きく一歩前に踏み出して、電光石火の蹴りを繰り出した。爪先が膝裏をとらえる。倒れかかった男の襟《えり》をつかんで前へ投げると、男は机の端で額を痛打した。うめき声をあげ、体から力が抜ける。サムはドアの後ろへ男を引きずっていった。膝を折って、脈を調べる。

「生きてはいるが、しばらく目は覚めないな」

男の体をひっくり返し、吊り下げていたライフルを肩からはずして、立ち上がった。

レミが大きく目を見開いて、しばらく夫をまじまじと見た。「いまの、ほんとにジェイムズ・ボンドみたいだった」

「偶然とスチールデスクのおかげさ」と彼は返し、肩をすくめて笑みを浮かべた。

「とびきりの組み合わせだ」

「あなたにもご褒美をもらう資格はありそうよ」と、レミも笑顔で返した。

「またあとでな。〝あと〟があればだが」

「あってほしいわね。計画はあるの？」

「自動車泥棒」と、サムが答えた。

彼はくるりと向き直り、後ろの窓のうち、いちばん近いひとつに移動してカーテンを引き戻した。「困った状況だが、なんとかなりそうな気がする」

「前を調べて」と、レミが言った。「後ろの窓を見てくる」

サムは前の窓に歩み寄ると、指でカーテンを引き開けて外を見た。「空き地に見張りの連中が集まっている。十人くらいだ。〈ドラゴン・レディ〉の姿は見えない」

「たぶん、キングの汚れ仕事を引き受けるために立ち寄っただけなんだわ」

「連中、どうしたものか決めかねているようだ。一人いなくなったのに気がついたかどうかは、すぐわかる」

「窓は開いてるわ」と、レミが言った。「地面に飛び下りても二、三メートルよ。三メートルくらい先にこんもりとした木の茂みがある」

サムはカーテンを引き戻した。「やつらの準備がととのわないうちに、いま行ったほうがいい」彼は吊り下げていたライフルをはずして、じっくり調べた。

「最新式のだ」

「扱える？」

「安全装置、引き金、弾倉……弾の出る穴。なんとかなるだろう」

ふいに警報が鳴りやんだ。

サムが前のドアに歩み寄り、ロックした。「こうしておけば、時間稼ぎになるかもしれないから」と、彼は説明した。

手近な椅子をつかみ、後部の窓の前に運びこむ。レミが上がって、窓に体を押しこみはじめた。彼女が飛び下りて安全を確認すると、サムも続いた。

急いで茂みに身を隠し、かまぼこ形の建物に向かってそろそろと進みはじめた。木々のすきまから後ろの壁が見えてくると、ふたりは足を止めて、しばらくあたりを見まわした。見張りの男たちの怒鳴りあう声がまだ遠くから聞こえている。

サムを先頭に、ふたりは前進した。ライフルを下げて、行きつ戻りつしながら、かまぼこ形の建物にたどり着いた。レミが「扉」とささやいて指を差す。サムがうなずいた。こんどはレミが先に立ち、壁にそってそっと進んでいくと、肩がわき柱にぶつかった。扉の取っ手を試す。開いていた。そっと扉を開け、すきまからのぞきこんで、なかへ入る。

「トラックが二台あるわ。並んで駐まってる。軍用みたい――緑色で、二重車輪で、幌をかぶっていて、テールゲートがある」

「運転できそうか？」と、サムがたずねた。

「もちろん」

「左のトラックの運転席に乗りこめ。ぼくはもう一台を使えなくしてから合流する。すぐにエンジンをかけて飛び出せるよう準備しろ」

「了解」

レミはふたりがすり抜けられる幅だけドアを開けた。トラックまで半分くらい来たところで、外の路上にドヤドヤと足音が聞こえた。ふたりでザザッと急停止し、右側のトラックのテールゲートに体を押しつけた。サムが端からのぞきこむ。

「男が四人」彼は言った。「トラックに乗りこんでいく、運転台にそれぞれ二人ずつ」

「緊急計画の一環かしら?」と、レミがほのめかした。

「おそらく」と、サムが答えた。「よし、計画変更だ。安全な場所に隠れよう」

ほとんど同時に、二台のトラックのエンジンがうなりをあげた。

体重の移動で見張りに気づかれないよう、サムとレミは慎重に足を踏み出して、トラックのバンパーに上がり、足を高く上げてテールゲートを越えた。ガガッと大きな音がしてトランスミッションがかみ合い、トラックが猛然と発進した。サムとレミは腕を組んだままよろけ、顔から荷台に倒れた。

ふたりの乗っているトラックが先頭を進んでいた。サムとレミは薄暗い荷台に伏せていた。後ろのトラックのヘッドライトがテールゲートの幌に当たって緑色に輝いている。ようやく、この十分で初めて息を深く吸いこむことができた。彼らの左右にある荷台のアイボルトに木箱がいくつも、ひもで結びつけられている。大きさはばらばらだ。

「うまくいったわね」と、レミがささやいた。

「指を重ねて、幸運を祈ってくれ」

「どういう意味?」

「これは中国軍のトラックにまちがいない」

「もしや、わたしと同じことを考えている?」

「そのようだ。キングが中国軍の人間と結託しているのは明白じゃないか。見張りは中国人だし、武器もたぶん中国製だ。そして、この木箱に何が入っているか、ぼくらは知っている」

「国境までどれくらい？」

「三〇キロか、ひょっとしたら四〇キロ。四時間くらいかな」

「退場の時間はたっぷりあるわね」

「問題は、文明からどのくらい離れるかだ」

「わたし、本当は明るい性格なのに、暗くなってきそう」と彼女は言い、サムの肩にもたれた。


荷台は硬く、たえず揺れていたが、サムとレミはくぐもったエンジン音に心地よさを感じていた。薄明かりのなかで半分まどろんでいた。サムがときどき目を覚まして腕時計を確かめる。

一時間後、かん高いブレーキの音ではっと目が覚めた。後ろのトラックのヘッドライトが垂れ布越しに明るく大きく迫ってきた。サムは体を起こし、テールゲートにライフルの銃口を向けた。レミが横で体を起こし、いぶかしそうな目をしたが、口は開かなかった。

トラックが速度を落とし、ギーッと音をたててゆっくり止まった。後ろのトラックのヘッドライトが消える。運転席のドアが開いて、ぴしゃりと閉められた。荷台の両側からザクザクと足音が聞こえてきた。それがテールゲートの前で止まり、中国語の声がつぶやきはじめた。サムとレミの鼻は煙草の煙のにおいを嗅ぎ分けた。

サムが首をめぐらし、レミの耳元にささやいた。「動くな」と言うと、彼女はうなずいた。

サムは慎重にすこしずつ移動した。脚を曲げ、親指の付け根に体重をかけて、体をかがめる。テールゲートに向かって横歩きで二歩進み、首を回して耳を傾けた。さっとレミを振り返り、指を四本立てた。外に四人立っているという意味だ。彼はライフルを指差し、それから兵士たちの方向を指した。

レミがライフルを手渡す。サムはそれを脚に立てかけ、両手首を押し合わせた。レミがうなずく。サムは床に伏せるよう身ぶりをして見せ、それにレミがしたがった。

サムはライフルの安全装置を確かめて、体勢を立て直し、大きくひとつ息を吸うと、左手を上に伸ばして幌をつかみ、ぱっと横に開いた。

「手を上げろ！」

バンパーのそばにいた二人の兵士が、ギョッとして向きを変えると同時にあとずさった。肩に吊り下げたライフルをはずそうとしている仲間とぶつかる。

「動くな！」とサムは言い、ライフルを肩の高さに構えた。

言葉の壁はあったが、兵士たちは言わんとすることを理解して動きを止めた。サムがライフルの銃身で何度か身ぶりをすると、男たちは意味を理解したらしい。全員がライフルをはずして地面に投げ捨てた。サムは兵士たちを一メートル下がらせてから、テールゲートを乗り越え、ひょいと飛び下りた。

「危険解除」と、彼はレミに告げた。

彼女もサムのそばの地面に着地した。

「おびえてるみたい」

「ありがたい。おびえていればいるほど、こっちにとっては都合がいいからな」サムが言った。「主役を譲ろうか？」

レミは彼らのライフルを集め、一挺だけ残して、残りをトラックの荷台に投げこんだ。サムが「安全装置はオフになっているか？」と訊いた。

「と思うけど……」

「引き金の上、右側のレバースイッチだ」

「了解。だいじょうぶよ」

サムとレミと中国人兵士四人が見つめあった。十秒くらい、誰も口を開かない。最後にサムがたずねた。「英語は？」

いちばん右の兵士が、「英語、すこし」と言った。

「わかった。よし。おまえたちを捕虜にする」

レミが大きなため息をついた。「サム……」

「すまん。ずっとこの台詞を使ってみたかったんだ」

「口にしちゃった以上、どうする、こいつら？」

「ふんじばって……うわ、やばい。こいつはまずい」

「何が？」レミは夫をちらっと見た。サムの細めた目が兵士たちの頭上を越えて、もう一台の運転台にそそがれていた。視線の先の運転台に人の輪郭が見えた。その人影がとつぜん体をかがめた。

「数をかぞえまちがえた」と、サムがつぶやいた。

「そのようね」

「運転席に乗りこめ、レミ。エンジンをかけろ。点検を——」

「まかせて」と彼女は答え、くるりと体を回転させると、トラックの前へ全速力で向かった。すぐにエンジンのかかる音がした。四人の兵士は不安げに体をもぞもぞさせて、たがいに顔を見合わせた。

「ご乗車のかたはお急ぎください！」と、レミが運転台の窓から叫んだ。

「いま行く！」サムは振り向かずに答えた。

サムが兵士たちに「どけ！」と怒鳴り、ライフルで身ぶりをした。男たちが横によけた。これで障害物なくトラックのラジエーターを狙うことができる。サムはライフルを構えて、狙いをつけた。

いままでもう一台の運転台に隠れていた五人目の男が、いきなり窓から上半身を突き出した。ライフルがサムのほうへぐるっと回ってくる。

「動くな！」サムが叫んだ。

男は動きを止めず、体をひねり、いっしょにライフルも回った。

サムは狙いを調節し、フロントグラスめがけて二発発射した。兵士たちがぱっと散って、道路と境を接する草むらに飛びこんだ。パンと乾いた音がした。横にあるテールゲートに何かがぶつかった。サムは頭を引っこめ、体を横に傾けて、反対側のバンパーから顔を突き出し、またくるりと体を回転させて三発発射した。できればラジエーターかエンジンブロックに当たってもらいたい。彼は向き直って、トラックの助手席側へ急いで駆けこみ、ドアをぱっと開いて飛び乗った。

「長居は禁物だ」

レミがギアを入れて、アクセルを踏みこむ。

一〇〇メートルも行かないうちに、サムの撃った弾は狙いをはずしたか効果がなかったことが判明した。もう一台のヘッドライトが点灯したのがサイドミラーに見えた。四人の兵士が隠れた草むらからぱっと駆け出し、トラックに飛び乗る。二人は運転台に、あとの二人は荷台に。トラックが猛然と発進した。

レミが叫んだ。「前方に細い橋！」

サムが目をやった。まだ二〇〇メートルくらい先だが、問題の橋はただ細いだけでなく、彼らのトラックの車幅よりかろうじて広い程度だった。「スピードを、レミ」と、彼は注意した。

「全速力ね」

「落とせと言ったんだ」

「冗談よ。しっかりつかまっていて！」

車輪が道路の轍に当たって横にぶれ、上に跳ね上がってから勢いよく下に戻った。フロントグラスに橋が迫ってくる。あと五〇メートル。

「まったく」レミがいらだたしげに言った。「いつもこれなんだから」

幅は多少広いし、控え壁《バットレス》で支えられてはいたが、今日歩いて渡った橋よりすこし大きいだけにすぎない。

トラックがまたいきなり揺れた。サムとレミは座席から跳ね上がり、運転台の屋根に頭をぶつけた。レミがうめきを漏らし、ハンドルと格闘する。

橋頭が迫ってきた。直前でブレーキをぐっと踏みこむ。ブレーキがキーッときしみをたて、トラックはザザッと横すべりしながら停止した。埃がもうもうと舞い上がって、ふたりを包みこむ。

ガチャガチャッとギアの音がして、サムが見やると、レミはトランスミッションをバックに入れようとしていた。「レミ、どうする気だ？」

「ちょっと度胸試しを」と言って、彼女はにっと笑った。

「今夜してきたことって、みんなそうじゃなかった?」

「危険だ」

「それを言われると、一言もない」と、サムは折れた。

レミはアクセルをぐっと踏みこんだ。エンジンがギューンとうなりをあげ、トラックがバックしはじめた。最初はのろのろと、しかし、たちまちスピードが上がった。サムはちらっとサイドミラーを見た。さっきの急停止で砂埃がたちこめ、もう一台のトラックはヘッドライトしか見えない。窓から身をのりだして、ライフルを三連射し、さらにもう一回三連射した。トラックが横にそれ、サムの視界から消えた。

レミが自分の側のミラーを凝視しながら、「止まるはずよ。わたしたちを見て、手を引くはずよ」と言った。

エンジンの轟音に重なるように、パン・パン・パンと銃声が聞こえた。ふたりは頭を引っこめた。レミはダッシュボードの下に頭を引っこめ、体を横に倒してミラーを見やすくした。迫ってくるトラックの運転手はレミの計略とサムの銃撃の組み合わせで、明らかにあわてていた。右に左に車体が傾き、タイヤが路肩の盛り上がった土を乗り越えた。

「衝突にそなえて！」と、レミが叫んだ。

サムは座席に背中をつけ、ダッシュボードに足を押し当てた。次の瞬間、トラックが急停止した。レミがミラーをちらっと見た。「道をはずれたわ」

「出発しよう」と、サムがうながした。

「そうね」

レミはギアを入れなおして、アクセルペダルを踏みこんだ。また橋頭が近づいた。

「失敗みたい」と、レミが告げた。「道に戻ってきた」

「しぶといな。しばらくトラックを安定させてくれ」と彼は言い、自分の側のドアを開けた。

「サム、何を――」

「きみがぼくを必要なら、戻ってくるさ」

サムは首からライフルを吊り下げ、運転台のドアフレームを支えにして踏み板に下りた。自由なほうの手で幌のサイドカバーをつかみ、力まかせに引いて、もぎ取った。垂直材をつかみ、横に足をかけて、荷台に体を引き上げる。運転台の後ろに這い進んで、細長い窓をずらした。

「ただいま」と、彼は言った。

「お帰り。しっかりつかまっていて。あなたの側のドアを閉めるから」

レミはトラックを大きく右に動かし、そのあと左に向けた。サムの側の開いていたドアが勢いよく閉まる。「どういう計画?」と、彼女はたずねた。

「妨害活動だ。敵さんとの距離は?」

「五〇メートルくらい。こっちは十秒後に橋に乗るわ」

「了解」

サムはテールゲートに這い寄った。薄暗い光のなかで荷台を探っていくと、手が別のライフルを見つけた。それを持ち上げ、持っていたのを捨てて、急いで弾倉を集めた。

「橋よ!」レミが叫んだ。「減速!」

トラックのタイヤが橋の板に乗るドスンという音が重なるのを待って、サムは後部の垂れ布から上半身を突き出し、橋面にライフルの狙いをつけて発射した。弾が木にめりこんで穴を開け、木っ端を散らす。垂れ布から体を引っこめて弾倉を取り替え、また発砲を開始した。こんどは橋面と、橋に乗ったばかりの敵のトラックを交互に狙った。ふたりの乗ったトラックが左によれて横の手すりにぶつかり、またまっすぐ立ちなおった。後ろのトラックの窓から突き出た銃口がオレンジ色にひらめく。サムの下のテールゲートに三発めりこんだ。サムは後ろの荷台の上にぱっと身を投げ出した。ふたたび銃が連射され、弾は垂れ布をずたずたに裂いて、運転台の壁に突き刺さった。

「サム？」と、レミが呼びかけた。

「だめだ！」

「だと思った！」

「化石をぶちまけるというのはどうだろう？」

「総論としては反対だけど、今回は特別に！」

「すこし時間を稼いでくれ！」

レミはブレーキをかけはじめ、それからまた速度を上げた。射撃員の狙いを攪《かく》乱《らん》する試みだ。サムがさっと腹這いになり、手探りしていくと、木箱を固定しているラチェット式の荷締めストラップが出てきた。ひとつ目の解除ボタンを押す。残りのストラップもすぐに解除できた。サムがテールゲートへ這い進む。

「爆弾投下」と叫び、最初の木箱を押し出した。橋面に当たって跳ね返り、後ろのトラックのバンパーを直撃して、箱が大破した。木の破片と梱包用の干し草が宙を舞う。

「効果なし」と、レミが叫んだ。

サムはよたよた後ろへ戻り、木箱の山全体に肩を押し当てると、運転台の壁に足を踏んばって、押しはじめた。うめき声とともに、荷台で山が動きだす。ひと息ついて脚を深く折り曲げ、アメフトのダミーにタックルするラインバッカーのような姿勢で力いっぱい押した。

木箱が次々とテールゲートをすべり落ち、後ろのトラックに向かって転がりだした。サムは結果を待たずに横へ移動し、もうひとつの山に向かって、同じプロセスを繰り返した。

後ろでブレーキのきしむ音がした。ガラスの砕ける音。金属と木が激突するバリッという鈍い音。

「効果あり!」と、レミが叫んだ。「急停止した!」

サムは膝立ちになって、細長い窓からレミを見た。「どのくらいもちそうだ?」

彼女はサムを一瞥し、ちらりと笑みを浮かべた。「車の下から半ダースの木箱を取り除くのに必要な時間だけよ」

15

ネパール、カトマンズ、ハイアット・リージェンシー・ホテル

サムは腰にタオルを巻いてバスルームを出ると、もう一枚で髪の毛を拭いた。

「美味しい朝食に飢えてるか?」

「死にそうなくらい」と、レミが返した。彼女は鏡の前に置かれたテーブルの前にすわって、髪をポニーテールに束ねようとしていた。まとっているのはホテルの標準的な白いタオルだけだ。

「ルームサービスか?　それとも、ダイニングルームに行こうか?」

「すばらしいお天気よ。バルコニーでいただきましょう」

「いいね」サムはサイドテーブルに歩み寄って電話の受話器を取り、ルームサービスの番号をダイヤルした。「サーモンとベーグル、エッグ・ベネディクト、フルーツの盛り合わせ、サワードウのトーストとコーヒー」厨房の声が注文を正確に復唱するのを待って受話器を置き、こんどはバーに電話をかけた。

バーテンダーが応答すると、サムは言った。「ラモス・フィズをふたつ頼みたいんだが。そう、ラモス・フィズ」

「あなたって、女の扱いが上手ね」と、レミが言った。

「あんまり期待しないほうがいい。作りかたを知らないそうだ」サムは再度試みた。「ハーヴェイ・ウォールバンガーはどうだ？　ウォールバンガー。ウォッカとガリアーノとオレンジジュースが材料だ。そうか、ガリアーノがないんだ」サムは首を横に振って、もういちど試みた。「わかった、ヴーヴ・クリコのボトルを届けてくれ」

レミが笑った。「ほんとに女の扱いかたを心得ているわ」

「それしかないのか？」サムが電話に言った。「わかった、しっかり冷やして届けてくれよ」

受け台に受話器を戻す。「シャンパンはないとさ。政治大会が終わったところで、残っているのは中国産の白のスパークリングワインだけだそうだ」

「中国でスパークリングが造られているとはね」レミは皮肉っぽい笑みを浮かべてサムを見た。「それが精一杯なの?」

サムは肩をすくめた。「なにもないよりはましだ」

携帯電話が鳴った。サムが応答した。「ちょっと待ってくれ」と言って、スピーカーフォンに切り替える。

「おはよう、ループ」

「そっちはそうかもしれないが」ルービン・ヘイウッドが返した。「こっちは夕《ゆう》餉《げ》の時間だ。すてきな花嫁とまたのんびり休暇を取っていると聞いてな」

「すべては比較の問題よ、ループ」と、レミが返した。「キャシーと娘さんたちはお元気?」

「元気だよ。三人はいま〈チャッキーチーズ〉(ファミリー向けの、ゲームセンターと軽食レストランのチェーン)にいる。きみたちから電話があったおかげで、行かずにすんだ」

「ぼくらのために無理をしないでくれ」サムが半分笑みを浮かべて言った。「話はあとでもできるんだし」

「ばか言うな。これ以上大事なことがあるもんか。嘘じゃない。さあ、かいつまんで話を聞かせてくれ。刑務所にいるのか？　現地の法律をいくつ破ったんだ？」

「ちがうわよ。それに、わたしたちの知るかぎり、法律はひとつも破ってないわ」と、レミが返した。「説明はサムにまかせるけど」

ルービンがすでにセルマから多少の情報を得ているのはわかっていたが、サムは事の起こりから話を始めた。チーラン・スーがルグンディ島の近くでボートに乗りこんできたところから、キングの秘密の遺跡発掘現場から逃げ出したところまで。

前夜、追っ手を橋の上で立ち往生させたあと、サムが暗闇に車を走らせるあいだに、レミが地図で確かめられる標識や目印を探した。道を曲がっては袋小路に入り、実りのないまま何時間か経過した末に、ようやく見覚えのある山の峠――ラウレビナ峠――を越えた。それからほどなく、キャンプの東三〇キロにあるペダという町のはずれに入った。軽いコンクリートブロックとブリキの屋根でできた建物以外、村は真っ暗で、人気《ひとけ》もなかった。しかし、その建物は地元の酒場と判明した。かなりぶあつい言葉の障壁を打ち破って、どうにか店主との取引に成功した。ふたりのトラックと店主の車（製造から三十年がたつオレンジ色とプライマーグレー色のプジョー）を交換し、カトマンズへの戻りかたを教わった。こうして夜明け前に、ハイアット・リージェンシーの駐車場に乗り入れることができたのだ。

ルービンは黙ってサムの話に耳を傾けた。そして最後にこう言った。「話をちゃんと理解できたか確認してくれ。きみたちはキングのキャンプに忍びこんで、殺人を目撃し、中国軍の警備兵らしき連中の間に大混乱を巻き起こし、そのあと、たまたま闇取引用の化石を積んでいた彼らのトラックを一台盗み、その化石を爆雷がわりに使って追跡を阻止した。そんなところでいいか？」

「だいたいは」と、サムが言った。

「三〇ギガバイト相当の情報も集めたわよ」と、レミが付け足した。

ルービンがため息をついた。「おれが昨日の夜、何をしていたか知っているか？　うちのマスター・バスルームにペンキを塗っていたんだ。なのに、きみたちときたら……まあいい、データを送ってくれ」

「もうセルマには送ったから。彼女に連絡してくれたら、ネットの安全保管サイトへの入りかたを教えてくれるわ」

「わかった。ラングレーの上司たちは中国の不正に興味を持つだろうし、キングの化石の闇取引に関心を持つＦＢＩの人間もきっといるだろう。それが吉と出るかどうかは保証の限りじゃないが、とにかくやってみる」

「それで充分だ」と、サムが言った。

「キングがすでに発掘現場の閉鎖を命じている確率は高い。いまごろは、森のまんなかに遺棄された、ただの穴になっているかもしれないぞ」

「わかっている」

「きみたちの友人のアルトンはどうする？」

「わたしたち、キングが欲しがっているものを見つけたんじゃないかって思っているの。半分は願望だけど」と、レミが答えた。「少なくとも、それであの男の注意は引けるんじゃないかしら。この電話がすんだら電話してみるつもりよ」

「キング・チャーリーは人間のくずだ」と、ルービンが警告した。「いろんな人間がずっと、あの男をやっつけようとしてきた。そいつらはひとり残らず死ぬか破滅し、あの男はいまもぴんぴんしている」

レミが返した。「なんだか、わたしたちが手に入れたものは、彼個人にとって意味があるもののような気がするのよ」

「そのテウロックとかいう――」

「テウランよ」と、レミが訂正した。「別名、〈黄金人〉」

「そうだった。そいつは危険な賭けだな」と、ルービンが返した。「きみたちの考えがまちがっていて、その代物にキングがなんの関心も示さなかったら、きみたちが手に入れたのは、化石の闇取引が行なわれているという主張だけになる。それと、いまも言ったが、あの男が固執する保証はどこにもない」

「わかってる」と、サムが応じた。

「それでも、とにかくサイコロは投げてみるわけだ」

「ええ」と、レミが言った。

「呆れたな。ところで、忘れないうちに言っとくと、ルイス・キングのことでまた少々わかったことがある。ふたりとも、ハインリッヒ・ヒムラーという名前には聞き覚えがあるだろう?」

「ヒトラーの親友で、異常者だったナチの男か?」と、サムがたずねた。「名前は聞いたことがある」

「ヒムラーとナチ党上層部はオカルトにご執心だった。特に、それがアーリア人の純粋性と〈第三帝国〉に関係があるときは。ヒムラーはおそらく、もっともそれに興味を引かれた人物だ。一九三〇年代と第二次世界大戦時、彼はナチの主張を裏づける証拠が見つかるのではないかと考え、世界の果てまで旅をする科学者たちに幾多の資金援助をした。戦争が始まる前年、一九三八年に組織された科学旅行団のひとつが、アーリア人の起源の証拠となるものを求めてヒマラヤ山脈に派遣された。指導的役割を担った科学者のなかに、どんな名前があったか想像がつくか?」

「ルイス・キング?」と、レミが返した。

「つまり、当時知られていた名前で言えば、ルイス・ケーニッヒ教授だ」

サムが言った。「チャールズ・キングの父親は、ナチの一員だったのか?」

「イエスでもノーでもある。複数の情報源によれば、彼が党員になったのは、熱心な支持者だったからではなく、必要に迫られたからだ。当時は、政府から資金援助を得たければ、党員になる必要があった。陰で純粋な科学研究にいそしむために入党して、ナチの仮説をおざなりに研究する科学者がたくさんいた。ルイス・キングは典型的な一例だ。誰に言わせても、彼は献身的な考古学者だった。アーリア人の血統や起源なんかどうでもよかったんだ」

「だったら、なぜその遠征隊に加わったの?」

「わからないが、きみたちが洞穴で見つけたもの——この〈黄金人〉とかいうもの——が理由である可能性が高い。チャールズ・キングの話が嘘でなければ、ルイス・キングはアメリカに移住してまもなく世界を巡りはじめている」

「ヒムラーの遠征隊で興味をかき立てるものを見つけたのかもしれない」と、サムが推測した。

「最終的にナチスの手に渡っては困るものを」と、レミが言い添えた。「戦争中は自分の胸にしまっておいて、機をうかがい、何年かして活動を再開した」

「問題は」ルービンが言った。「チャールズ・キングはなぜ父親の遺志を受け継ぐようなまねをしているのかだ。われわれの知るかぎり、あの男が父親の仕事に関心を示したためしはない」

「テウランかもな」サムが言った。「あの男にとっては、売りさばきたいもうひとつの化石にすぎないのかもしれない」

「そのとおりかもしれない。その代物に関する説明にほんのわずかでも真実があれば、ひと財産の値打ちがある」

「ルーブ、ナチ党員だというルイスへの誹謗《ひぼう》中傷が、チャーリーに影響を及ぼしたことがあったかどうかはわかっているの?」と、レミがたずねた。

「調べたかぎりでは、ない。あの男の成功が雄弁に物語っているんじゃないか。あれだけ情け容赦ない男だ、いまさらその問題を持ち出す勇気のある人間がいるとも思えない」

「いまから出てこようとしているけどな」と、サムが言った。「キング・チャーリーの安全地帯をつついてやるときが来た」

電話を切り、ふたりでしばらく戦略を練ったあと、サムがキングの直通番号をダイヤルした。一回目の呼び出し音で本人が出た。「キングだ」

のか？」

「ミスター・キング。サム・ファーゴだ」

「そろそろ連絡が来るころじゃないかと思っていた。別嬪《べっぴん》の奥さんもそこにいるのか？」

「つつがなく」と、レミがうららかに答えた。

「われわれの協力関係は険しい状況にぶち当たっているようだ」と、キングが言った。「うちの子どもたちの話では、きみたちは仕事をしていない」

「仕事ならしている」と、サムが返した。「戦っているゲームが別なだけだ。チャーリー、あんたがフランク・アルトンを誘拐させたのか？」

「誘拐？　なぜおれがそんなことをする？」

「答えになっていないわ」と、レミが指摘した。

「フランク・アルトンを送りこんだのは、仕事をしてもらうためだ。あの男は自分で手に負えない結果を招き、まずい人間を怒らせたんだろう。どこにいるのやら、見当もつかない」

「いまのも答えになっていない」と、サムが言った。「まあいい、話を先に進めよう。あんたに必要なのは、耳を傾けることだけだ。われわれはあんたの探しているものを――」

「どんなものだ?」

「話を聞け。われわれはあんたの探しているものを手に入れた。あんたの父親が生涯をかけて探していたものを。そして、たぶん察しはついているだろうが、ランタン峡谷にあるあんたの強制収容所に押しかけた」

「なんの話か、さっぱりわからない」

「何千枚も写真を撮ってきた。大半は、事務所がわりに使われているトレーラーのあちこちにあった文書だが。あんたの奥さんか、内縁の妻か、ガルフストリームの奥でどう呼んでいるかは知らないが、彼女のも何枚かある。因果なことに、その写真を撮ったとき、彼女は労働者の一人を殺していた。犠牲者の顔も撮ってある」

チャールズ・キングは十秒ほど反応を示さなかった。そして最後にため息をついた。「きみはまったく馬のクソだな、サム。しかし、何かがきみを刺激したらしい。話を聞こう」

「まずは大事なことからだ。フランクを解放し――」

「言ったはずだ、おれは誘拐など――」

「黙れ。フランク・アルトンを解放しろ。彼から、自宅にいて無事だ、危害も加えられていないと電話があったら、ラッセルとマージョリーに会って話をつけてもいい」

「なにも教えず、要求ばかりしているのはどっちだ？」と、キングが返した。

「それ以外の取引に応じる気はない」と、サムは応酬した。

「すまんが、ご友人、お断わりだな。はったりもいいところだ」

「好きにすればいい」とサムは言い、電話を切った。

彼はコーヒーテーブルに電話を置いた。そしてレミと顔を見合わせた。「確率は？」と、レミが訊いた。

「六・四で、一分以内に鳴る」

レミが微笑んだ。「賭けは不成立よ」

五十秒経過したところで、サムの電話がトゥルルと鳴った。あと三回そのまま鳴らせて、それから応答した。チャールズ・キングが言った。「ポーカーをやらせたら、かなり強そうだな、サム・ファーゴ。合意にこぎ着けられてめでたい。

こっちから何本か電話をかけて、フランク・アルトンのことで何かわからないか確かめよう。もちろん、なんの約束もできんが——」

「二十四時間以内に彼から連絡がなかったら、取引はお流れだ」

チャールズ・キングはしばらく黙っていた。それから、「電話の近くにいろ」と告げた。

サムは通話を切った。

「わたしたちに証拠をつかまれたと考えたら、キングはどう出るかしら？」と、レミが言った。

「そこまでばかじゃない」

「取引を続けると思う？」

サムはうなずいた。「自分はなんの関係もないととぼけてきた、利口な男だ。フランクを誘拐した連中は、おそらく、面が割れないように手を打っている。キングまでたどれるような痕跡は残していないだろう。だから、あいつに失うものはないし、こっちと手を切らないことで得られるものは多い」

「だったら、なぜそんなに心配そうな顔をしているの？」と、レミが訊いた。

「ぼくが？」

「眉間にしわが寄っているわ」

サムはためらった。

「言いなさい、サム」

「ぼくらはいま、世界でも指折りの大金持ちをさんざん打ちのめしたところだ。敵を叩きつぶすことで現在の地位を築き上げた、反社会的性格を持つ支配魔を。フランクは解放するだろうが、キングはいまオフィスで逆襲の計画を練っているような気がしてならない」

テキサス州ヒューストン

一万三〇〇〇キロ離れた場所で、チャールズ・キングはまさにその最中だった。電話を切ったあと、彼はオフィスを歩きまわっていた。まっすぐ前方を見つめてはいたが、怒りしか見えていなかった。ひとりぶつぶつ言いながら、オフィスの窓に歩み寄って、窓から街の向こうを見つめる。西に日が沈もうとしていた。

「上等だ、ファーゴ夫妻」彼はしゃがれ声で言った。「いずれ自分の身に返ってくるからな。たっぷり味わうがいい。二度とこういうことは起こさない」彼は机に歩み寄り、インターホンのボタンを押した。「マーシャ、ラッセルとマージョリーを電話に出せ」

「はい、ミスター・キング、少々お待ちください」三十秒すぎたあと、「お父さん――」

「黙って聞け。マージョリー、いるか?」

「はい、お父さん」

「チーランは?」

「はい、ミスター・キング」

「おまえたち愚か者三人は、一体全体、そこで何をしているんだ! いまファーゴたちから電話があって、ビシバシ鞭打たれたところだ。チー、やつらはおまえがランタンの現場で労働者を殺しているところを写真に撮ったと言っている。どうなっているんだ、そっちは?」

ラッセルが答えた。「今朝、現場の警備長から電話がありました。疑わしい車を見つけて警報を発したそうです。気を失っている男が一人いたそうですが、なくなったものはなさそうでした」

「その男はなぜ気を失ったんだ？」

「よくわからないそうです。どこかから落ちたのかもしれません」

「ばかもん！　問題の積荷はあったのか？」

「トラック二台分」と、マージョリーが答えた。「警報を発すると同時に、周大《チヨウ》佐の部下たちが移送しました。標準的な手続きです、お父さん」

「講釈はけっこう。そのトラックは移送の場所にたどり着いたのか？」

ラッセルが答えた。「まだ確認は来ていませんが、遅れを考慮しても――」

「それは憶測だろう。憶測でものを言うな。電話をして、そのトラックを見つけろ」

「はい、お父さん」

「チー、この、人を殺したとかいうのは何事だ？　本当なのか？」

「はい。作業員の一人に盗みが発覚いたしまして。見せしめが必要だったのです。死体はすでに始末しました」

キングは一瞬黙りこみ、それからうなり声を出した。「だったら、かまわん。それでいい。おまえたち、二人のまぬけはどうなんだ……ファーゴたちは〈黄金人〉を手に入れたと言っていたぞ」

「どうやって?」マージョリーがたずねた。「どこで?」

「嘘に決まってる」と、ラッセルも加わった。

「かもしれんが、このたぐいはやつらの得意分野だ。だからこそ、今回の仕事に巻きこんだんだ。どうやら、なめてかかりすぎたようだな。アルトンのことだけで、せっせと仕事をするものと思っていたんだが」

マージョリーが言った。「あまりご自分を責めてはいけません、お父さん」

「うるさい。やつらの話は嘘じゃないと想定する必要がある。やつらはアルトンの解放を求めている。あの男が何かを見ていたり、誰かを見てどういう人間かわかる可能性は?」

チーランが答えた。「こっちに着いたとき、その点は確かめました、ミスター・キング。アルトンはなにも知りません」

「よし。だったら、救出に行け。食い物を与えて、身なりをととのえさせて、ガルフストリームに乗せるんだ。アルトンが自宅に戻り次第、ラッセルとマージョリーに会って話をつけてもいいと、ファーゴたちは言った」

「あいつらは信用できません、お父さん」と、ラッセルが言った。

「そんなことはわかってる、まぬけ。いいから、アルトンをジェット機に乗せて、あとはおれにまかせろ。圧力をかけた気でいるのか、ファーゴ夫妻？　だったら思い知らせてやる。真の圧力とはどんなものかをな」

16

ネパール、ダウラギリ山系、ジョムソン村

パイパー・カブの単発機が機体を大きく傾けて降下に入り、高度一〇〇〇メートルを切った。通路を挟んだ座席から見つめるサムとレミは、石灰質の灰色の断崖が立ち上がって、滑走路への最終着陸態勢に入った飛行機をのみこもうとしているみたいな錯覚に陥った。絶壁の向こうにはダウラギリ峰とニルギリ峰の黒い姿がそびえ、白い雪が血管のように走っている。上のほうは雲に隠れていた。

一時間前にカトマンズを発ったばかりだが、ここへの到着は旅の始まりにすぎ

ない。このあと、路上を十二時間ばかりも走る予定だ。ネパールではよくある話だが、地図上の距離は目安にならない。ふたりの最終目的地である旧ムスタン王国の古都ローマンタンは、カトマンズの北西わずか二二五キロに位置しているのに、空からは接近できないのだ。かわりに、ふたりのチャーターした飛行機はカトマンズの西一九五キロの地点にある、ジョムソンという村に降り立つ。ここからカリ・ガンダキ川流域をさらに北へ八〇キロほどたどってローマンタンに着けば、スシャント・ダレルの知りあいという現地の住民が迎えてくれることになっていた。

サムとレミにとっても、比較的騒々しいカトマンズから遠く離れるのは気分がよかった。キング一族の手が届かなくなれば、いっそうありがたい。

飛行機は引き続き降下していき、対気速度をぐんぐん落としていった。失速速度に毛の生えた程度か、とサムは推定した。レミがいぶかしげに夫を見た。サムは笑みを浮かべて言った。「滑走路は短いぞ。ここで対気速度を落とすか、着陸と同時に急ブレーキを踏むかだな」

「あらら」

着陸装置が滑走路とキスをしてキーッと音をたて、機体を震わせた。やがて彼らは滑走路の南端にあるビル群に向かって惰性で進んでいた。飛行機がブレーキをかけて停止すると、エンジンが徐々に静かになってきた。サムとレミがリュックを回収して出口に向かうと、扉はすでに開いていた。ダークブルーの作業服を着た地上整備員たちが微笑みを浮かべて、下のタラップを身ぶりで示す。まずレミが下り、そのあとにサムが続いた。

ふたりはターミナル・ビルに向かって歩きはじめた。右を見ると、格納庫のそばで山羊の一団が茶色い草を食《は》んでいた。その向こうの未舗装道路では、赤いビーニー帽をかぶって緑色のズボンをはいた老人がジャコウウシの行列を集めていた。ときおりチッチッと音をたてながら、やんちゃな牛に軽く鞭を当てている。

レミがパーカの襟をぎゅっとかき寄せて言った。「さわやかと言ってもいいんじゃないかしら」

「身が引き締まるよう、と言いたいね」と、サムが答えた。「標高は三〇〇〇メートルくらいだが、さえぎるものがあんまりない」

「風もずっと強いわ」

レミの指摘に合いの手を入れるかのように、一陣の風が滑走路に吹き渡った。黄土色の砂埃でしばし視界がぼやけ、それが晴れると、建物の向こうの風景がいっそうくっきりとあらわになった。一〇〇メートル以上ありそうなもぐら色の断崖は、巨人の爪でえぐられたかのようで、てっぺんからふもとまで深い溝が走っている。時間と浸食でなだらかになった模様は、人の手で描き出されたかのようで、古代の砦の壁を彷彿させた。

後ろから声がかかった。「ムスタンの風景はだいたいあんな感じだよ。少なくとも、標高の低いところは」

サムとレミが足を止めて振り返ると、ブロンドのもじゃもじゃの髪をした二十代半ばくらいの男が微笑みかけていた。「初めてですか?」と、男がたずねる。

「ああ」と、サムは答えた。「でも、きみはちがうんだね」

「五回目です。トレッキング中毒というのかな。ジョムソンはこの地域をトレッキングする人のためのベースキャンプみたいな感じなんです。ぼくはウォリー」

サムは自己紹介をして、レミを紹介し、三人でターミナル・ビルへ向かいはじめた。滑走路の端をウォリーが指差した。人のかたまりがいくつか見える。ほとんどの人が明るい色のパーカを着て、そばに頑丈そうなバックパックが置かれていた。

「トレッキングの仲間たち?」と、レミがたずねた。

「そう。顔見知りも大勢いますよ。ぼくらは、言ってみれば、地元経済の一部かな。この土地が廃《すた》れずにいられるのは、トレッキング・シーズンのおかげだから。ここではガイドのチームがつかないと、どこにも行けないんだ」

「なしですませたいときは?」と、サムがたずねた。

「ネパール陸軍の一個中隊がガイドとして駐屯しています」ウォリーが答えた。

「本当はいけないんだけど、しかたがないんですよ。ほとんどの人の年収はぼくらの週給より少ないんだし。そんな悪いものじゃないですよ。自分の面倒を見られる人たちとわかったら、ガイドは付き添ってくれるだけで、じゃまにならないようにしてくれるから」

すぐそばの一団から女が呼びかけた。「おーい、ウォリー、ここよ!」

ウォリーは振り向いて、彼女に手を振り、サムとレミに「どこへ行くんですか?」とたずねた。

「かっこいい。まじりっけなしの、真の中世だ。タイムマシンに乗ったみたいだろうな。もうガイドはいるんですか？」

サムはうなずいた。「カトマンズの窓口が手配してくれた」

「ローマンタンまでどのくらいかかるかしら？　地図によると――」と、レミが言った。

「地図！」とウォリーは言い、くっくっと笑った。「そりゃ地図も悪くないし、平らな土地ならかなり正確に先が読めるけど、ここはぐしゃぐしゃに丸めた新聞を半分だけ平らに打ち延ばしたみたいな地形だからね。平らで楽に通れる日があるかと思うと、次の日は地すべりで半分通行不能に陥ったりする。ローマンタンだと、たぶんガイドがたどる道のりは、ほとんどカリ・ガンダキ川の流域だろうから――いまは、ほとんど水はないと思うな――行程は全部で一〇〇キロくらいか。車で走っても十二時間はかかる」

「泊まりになるわけだ」と、サムが返した。

「そうだね。まあ、ガイドに訊いてみて。しっかりしたテントを設営するか、ト

「ローマンタンへ」

レッカー用の小屋を予約してくれるはずだよ。カリ・ガンダキの渓谷をたどる道は世界一彫りが深いからね。東にアンナプルナ。右にダウラギリ。そのあいだに、世界の最高峰二十傑のうち八つがある！　渓谷の道はユタ州と火星を足して二で割ったみたいな、ギザギザでこぼこでね！　仏舎利塔《ストゥーパ》と洞穴だけでも――」

さきほどの女がまた呼びかけた。「ウォリー！」

彼はサムとレミに言った。「おっと、行かなくちゃ。会えてよかった。旅の無事を。それと、日が落ちたら隘路《あいろ》には近づかないようにね」

三人で握手を交わし、ウォリーは仲間たちのほうへゆっくり駆けだした。

サムが呼びかけた。「隘路って？」

「ガイドが教えてくれるよ！」ウォリーが肩越しに大声で言った。

サムはレミに向き直った。「ストゥーパというのは？」

「こっちじゃ、仏塔《チョルテン》と呼ばれているわ。基本的には聖骨箱ね。塚みたいな感じで、仏教の神聖な遺物が収められているの」

「大きさは？」

「庭の小人妖精《ガーデンノーム》くらいから大聖堂くらいまで、さまざまよ。じつは、最大級のがカトマンズにあるの。ボダナートという」

「祈りの旗で四方八方飾られたドームのことか？」

「そう、それよ。ムスタンにはそれがびっしり集まっていて、ほとんどはノームくらいの大きさね。その数を数千とする推定値もあるわ、カリ・ガンダキ川の流域だけで。二、三年前までムスタンは観光客の立ち入りをほとんど禁止していたの。神聖を汚されるのを恐れて」

「ファーゴさん！」男の声が呼びかけた。「ファーゴさん！」

四十代半ばくらいの頭の禿《は》げたネパール人が、ごった返すトレッカーの群れをかき分けて、息を切らしながら駆け足でやってきた。「ファーゴ夫妻ですね？」

「そうだが」と、サムが答えた。

「わたしはバサンタ・トゥーレ」男はきちんとした英語で返した。「わたしが案内するのは、あなたたちですよね？」

「プラダンのお友だち？」と、レミが思いついた名前を言った。怪しい人間でないか確かめるために。

男の目が細くなり、眉間にしわが寄った。「その人は知りません。迎えにいってほしいとスシャント・ダレルさんに頼まれました。別の人をお待ちですか？　ええと、身分証明書もあります……」トゥーレは上着の横ポケットに手を入れはじめた。

「いや、それには及ばない」サムが笑顔で答えた。「よろしくお願いします」

「こちらこそ、こちらこそ。さあ、荷物を持ちます」

トゥーレはふたりのリュックをつかむと、ターミナル・ビルのほうにあごをしゃくった。「こっちに車があります。よろしければ、あとに続いてください」彼は小走りに駆けだした。

サムがレミに言った。「用心深いな、ミズ・ボンド」

「年を重ねるにつれて、被害妄想が強くなってきているかしら？」

「いいや」と、サムが笑顔で答えた。「いっそう美しくなっているだけだ。さあ行くぞ。追いつかないと、ガイドを見失ってしまう」

ムスタンの人々は言葉にこそ出さないが、自分たちには半自治区的な権利があると固く信じているらしく、その自尊心を満たすためと思われるが、サムとレミは税関のデスクで留められ、ひと通りの調べを受けた。それがすんで外へ出ると、車止めの前にトヨタの白いランドクルーザーが止まっていて、そのそばにトゥーレが立っていた。路上には同じ車種が何十台も並んでいた。どれにもトレッキング会社独自のロゴがついていることから見て、トヨタがこの地域に最適な四輪駆動らしい。トゥーレはふたりを見て微笑むと、サムの残りのリュックを受け取って荷物入れに押しこみ、バタンと勢いよくハッチを閉めた。

「今夜泊まるところを手配しておきました」と、トゥーレが告げた。

「いますぐローマンタンへ出発するんじゃないの？」と、レミがたずねた。

「ええ、ちがいます。この時間に旅に出るのはとても縁起が悪いんです。明朝にしたほうがいい。食事をして、体を休めて、ジョムソンを楽しんでから、明日の朝一番に出かけましょう。さあ、さあ……」

「できたら、いますぐ出発したい」サムが動かずに言った。

トゥーレは一瞬沈黙した。口をへの字に曲げて、すこし考えてから、「そうなさりたいなら、もちろんかまいませんが、地すべりが片づくのは明朝になりますよ」と言った。

「地すべりって?」と、レミ。

「ええ、こことカグベニのあいだでありました。進めるのはせいぜい二、三キロだと思います。それと、もちろん交通渋滞もある。いまのムスタンにはトレッカーが多いですからね。明日の朝まで待ったほうがいいと思いますが?」トゥーレはトヨタの後部ドアのひとつを開けて、大きな身ぶりで座席を示した。

サムとレミは顔を見合わせて肩をすくめ、それからSUVに乗りこんだ。

トゥーレは曲がりくねった細い道を十分くらい進んだあと、滑走路の南東五キロくらいにある建物の前でトヨタを止めた。黄色と茶色の看板に〈ムーンライト・ゲストハウス〉。浴槽——バスルームつきの部屋——共同バスルーム〉とあった。

レミが笑顔で眉を吊り上げた。「ジョムソンではバスルームが大きな売りみたいね」

「単色の建物も」と、サムが付け加えた。

フロントシートから、トゥーレが言った。「おっしゃるとおりです。ジョムソンの宿泊施設はこのあたりでは最高ですよ」

トゥーレは車を降りると、急いでレミの側に回って、ドアを開けた。さしだされた手を彼女は快く取って、外に出た。そのあとにサムが続く。

トゥーレが言った。「荷物を集めてきます。なかに入っていてください。マダム・ロジャが手を貸してくれますから」

五分後、サムとレミはロイヤルエグゼクティブ・スイートにいた。クイーンサイズのベッドがあり、くつろぎ用のシッティング・エリアは庭の芝生で使うような枝網細工らしき家具を各種とりそろえていた。マダム・ロジャが言ったとおり、たしかにスイートにはバスルームが付いていた。

「明日の朝十一時に、またお迎えに上がります」と、トゥーレが戸口から言った。

「どうして、そんな遅い時間なんだ？」と、サムがたずねた。

「地すべりで——」

「交通渋滞する」と、サムが受けた。「ありがとう、ミスター・トゥーレ。では、その時間に」

サムはドアを閉めた。バスルームからレミの声が呼びかけた。「サム、ちょっとこれを見て」

鷲足のついた巨大な銅の浴槽があり、そのそばでレミが大きく目を見開いていた。「ビーズリーよ」

「〝バスタブ〟のほうが一般的な言葉だと思うけどな、レミ」

「冗談じゃないわ。ビーズリーはレアものなのよ、サム。最後のひとつが作られたのは十九世紀後半よ。これにどんな値段がつくか想像がつく？」

「いや。しかし、きみはつきそうだな」

「一万二千ドルってとこかしら。これはお宝よ、サム」

「スチュードベーカー（大型自動車のメーカー）並みの大きさだ。機内持ちこみ手荷物に詰めこもうなんて考えるんじゃないぞ」

レミが浴槽から目を引き剝がし、いたずらっぽい目でサムを見た。「大きいわね」

サムも笑顔で応じた。「たしかに」

「ライフガードになりたい？」

「なんなりとお申しつけを、奥さま」

一時間後、ふたりは汚れを落とし、肌がふやけるまでお湯を楽しんで、くつろぎ用のエリアに体を落ち着けた。バルコニーの窓から、遠くのアンナプルナの山々が見える。

サムが電話をチェックした。「留守電だ」と言い、耳を傾けて、レミに片目をつぶり、相手にかけなおした。三十秒後、スピーカーからセルマの声が流れてきた。「どこにいらっしゃるんですか?」

「枝網細工と銅の国だ」と、サムが答えた。

「なんですって?」

「なんでもない。何かいい知らせでも?」

「ええ、ちょっとお待ちを」

しばらくして、受話器から男の声が聞こえた。フランク・アルトンだ。「サム、レミ……どんな手を打ってくれたのか知らないが、一生の借りができたよ」

「ばか言わないで」と、レミが返した。「ボリビアで何度かわたしたちの命を救ってくれたじゃない」

「大過なかったか?」と、サムがたずねた。

「こぶがいくつかできて、あちこちに打ち身の痕があるが、一生治らないようなものはない」

「ジュディと子どもたちには会ったの?」

「ああ、家に帰ると同時にな」

サムが言った。「セルマ、いまの状況は?」

「ひどいです」と、彼女は返答した。

「それはよかった」

サムとレミはチャールズ・キングの実力にしかるべき配慮をし、念には念を入れて、〝拘束時ルール〟を決めておいたのだ。セルマでもサムでもレミでも、誰かが銃で脅されたり危険にさらされたりしていた場合には、〝ひどい〟以外の返事をして警戒をうながすことになっていた。

レミが言った。「フランク、事の顛末《てんまつ》を教えてくれる?」

「残念ながら、ほとんどは、もうきみたちが知っていることばかりだ。セルマから何もかも聞いたよ。キングが信用ならない男で、ありのままの事実を語っていない点にはおれも同感だが、誘拐の裏にあいつがいた証拠はない。通りで気絶させられて、拉致されたんだ。誰かが近づいてくるのさえわからなかった。どこに拘禁されていたかもわからない。気がつくと目隠しをされていて、その状態でまたバンから押し出された。目隠しをはずされたときは、ガルフストリームのジェット機のタラップの前に立っていた」

「そういえば、キングの双子には会ったのか？」

「ああ、あの二人か。空港でおれを待っていた。〈アダムス・ファミリー〉に出くわした気がしたよ。キングと〈ドラゴン・レディ〉の共同作品じゃないかとにらんでいるが？」

「そのとおりだ」と、サムが答えた。「ルイス・キングのことはどう思う？」

「九分九厘は、何十年か前に死んでいる。おれはきみたちをおびき寄せる餌だったんじゃないか？」

「わたしたちもそう考えているわ」と、レミが同意した。「細かいことはまだ調査中だけど、ヒマラヤの古い伝説と関係があるんじゃないかと思っているの」

「〈黄金人〉か」と、フランクが返した。

「それよ。別名テウラン」

「拉致される前に集めた数少ない情報によれば、ルイス・キングは行方不明になったとき、それを探していた。それに心を奪われていた。実在するかどうかは知らないが」

「実在すると、ぼくらは考えている」と、サムが答えた。「明日、ローマンタンで、ある男に会う。うまくいけば、その男が謎にもうすこし光を当ててくれるだろう」

17

ネパール、ダウラギリ地域、カリ・ガンダキ渓谷

バサンタ・トゥーレがトヨタのランドクルーザーを止めにかかり、ブロックタイヤが谷底を覆う砂利にバリバリと音をたてた。この一時間で四回目だ。空は雲ひとつなく、ロイヤルブルーに晴れ渡っていた。さわやかな空気はそよとも動かない。

「またストゥーパが出てきました」トゥーレが横の窓を指差した。「ほら……あそこ。見えますか」

「見える」とサムは答え、手動で下ろした窓の向こうをレミといっしょに一瞥した。今朝、ジョムソンを出発してすぐ、ふたりは仏塔《チョルテン》に興味を示すという誤りを犯した。以来、トゥーレはひとつ出てくるたびに指摘するのを使命と心得てしまった。彼らが踏破した距離はまだせいぜい三キロでしかないというのに。

これもお愛想と、サムとレミは車を降りて歩きまわり、何枚か写真を撮った。どのチョルテンも高さはせいぜい一メートルたらずだが、にもかかわらず、強烈に目に焼きついた。渓谷を見晴らす尾根に、真っ白に塗られたミニチュア寺院が物言わぬ哨兵のように鎮座している。

彼らはトヨタに戻ってまた出発し、しばらく無言で進んだあと、レミが口を開いた。「地すべりはどこ?」

長い沈黙があった。「ちょっと前に通り過ぎました」と、トゥーレが答えた。

「どこで?」

「二十分前に……大きな岩のそばに、ゆるい砂利の坂があったでしょう。簡単にふさがってしまうんですよ」

昼食のためにもう一回止まり、チョルテンを見るためにもう一回止まったあと――これが最後と、サムとレミがやんわり宣言した――彼らは蛇のようにくねくねしたカリ・ガンダキ川をたどってさらに北進し、ジョムソンとほとんど区別のつかないひと続きの小村を通過した。ときおり、上の丘陵を歩いているトレッカーが目に入る。遠くの山を背景にすると、まるで蟻《アリ》のようだった。

五時過ぎに、渓谷のさらに狭い場所にさしかかった。一五メートルほどそびえている絶壁が迫り、太陽の光が薄暗くなった。サムが下ろした窓から吹きこんでくる空気も冷たくなった。車の速度が徒歩と変わらないくらいまで落ち、やがてトゥーレはトヨタがかろうじて通れるくらいの狭い岩のアーチをくぐり、曲がりくねったトンネルに入った。タイヤが小川の水をはね飛ばし、その音が壁に反響する。

五〇メートルくらい進むと、細長く開けた空き地が出てきた。幅一二メートル、長さは四〇〇メートルくらいある。谷の北の端には、岩のあいだにまた細長いすきまが見えた。右を流れる川がゴボゴボ音をたて、絶壁の下の削り落とされた部分を流れている。

トゥーレは左にハンドルを切り、大きく円を描いてトヨタの鼻面を逆に向け、ブレーキをかけて停止した。「ここでキャンプします」と、彼は告げた。「風から身を守れますから」

「どうしてこんなに早く？」

トゥーレは座席で体を回し、ふたりに満面の笑みを向けた。「あっという間に日が暮れて、それといっしょに気温も下がりますからね。暗くなる前にシェルターを築いて火をおこすのがいちばんなんです」


三人で力を合わせ、急いでシェルター——旧式のヴァンゴのテント——を設営し、なかに入れるようにした。エッグシェルタイプのマットレスと氷点下用の寝袋がついている。トゥーレが小さな火を起こすと、サムはキャンプの端のポールに吊り下げた三つの灯油ランプに火をつけた。レミは懐中電灯を手に谷を巡っていた。かつてトレッカーがこのあたりで〝カン・アドミ〟の足跡を見つけたことがあると、トゥーレから聞かされたのだ。この言葉は〝雪男〟と訳されることが多い。ヒマラヤ版〝ビッグフット〟のイエティを表わす言葉は十以上あり、これもそのひとつだ。サムもレミもこの伝説を盲信しているわけではないが、これまでにもそれなりに奇怪なものに出会っていたから、はなから無視しないだけの分別は持ち合わせていた。レミは好奇心を貪《むさぼ》ることに決めたのだ。

二十分後、彼女はキャンプのまわりに吊るしたランタンの黄色い光のなかへ戻ってきた。サムが羊毛の帽子を手渡して、「どうだった？」とたずねた。

「指先の跡さえなかったわ」とレミは答え、鳶色の髪の後れ毛を帽子の下にたくしこんだ。

「希望を捨てないで」トゥーレが火のそばから言った。「夜中に獣めいた声が聞こえるかもしれませんよ」

「どんな声なんだ、聞こえるのは？」

「人によって聞こえかたはちがうと思いますよ。子どものころ、いちど叫び声を聞きました。人の声のような、熊の声のような……そんな感じのを。じっさい、イエティにあたるチベット語のなかには〝メー・テー〟というのがあります。〝人熊〟という意味です」

「ミスター・トゥーレ、なんだか旅人の心を奪うためのほら話のような気がするけど」と、レミが言った。

「めっそうもない、お嬢さん。わたしも聞いたことがありますよ。目撃した人たちも知りあいにいます。足跡を見つけた人たちも。わたし自身、ジャコウウシと思ったら、頭が――」

「わかった」と、レミがさえぎった。「ところで、夕食は何？」


夕食はあらかじめパックされた乾燥食品で、熱湯をそそぐとグーラッシュに変身した。サムとレミが出会ったなかで最悪とまでは言わないが、それに近い味気なさだった。食事のあと、トゥーレはマグに湯気の立つ熱いトンバを淹《い》れて名誉を挽回した。ほんのすこしアルコールが含まれたネパールの雑穀茶だ。三人がそれを飲むあいだに、谷が闇に包まれた。雑談をして、さらに三十分くらい静かに過ごしたあと、ランプの明かりを落としてそれぞれのテントに退却した。

寝袋に収まると、レミは上半身を起こしてｉＰａｄに取りこんだトレッカーズ・ガイドを読み、サムは懐中電灯の光でこの近辺の地図を念入りに調べた。

レミがささやいた。「サム、空港でウォリーが言ってた〝隘路〟の話だけど、覚えてる？　トゥーレに訊くのを忘れてた」

「朝になったら訊いてみよう」

「いま訊いておいたほうがいい気がする」と彼女は答え、サムにｉＰａｄを手渡した。彼女はテキストの一節を指差し、サムがそこを読んだ。


カリ・ガンダキ渓谷の全域にわたって存在し、口語で〝隘路《チョーク》〟と呼ばれるこの狭い谷は、春季に危険を招くことがある。夜間、周囲の山々から流出する雪解け水で、だしぬけに鉄砲水が押し寄せることがあり、水位は――


サムはそこで読むのをやめ、ｉＰａｄをレミの手に返して、「道具をまとめろ。絶対必要なものだけだ。音をたてるな」と言い、それから「ミスター・トゥーレ？」と呼びかけた。

返事がない。

「ミスター・トゥーレ？」

すこし間があって、ブーツが砂利をこする音がして、「はい、ミスター・ファーゴ？」と声が続いた。

「隘路のことを教えてくれ」

しばらく沈黙が続いた。「ええと……その言葉には聞き覚えがありません」

また砂利をこする音がした。トヨタのドアが開けられる独特の音がした。

サムは急いで寝袋のファスナーを開き、転がり出た。すでに服はほとんど身に着けている。上着をつかんでさっと羽織り、そっとテントのファスナーを開いた。外に這い出て、左右を見渡してから立ち上がる。一〇メートルくらい向こうで、トゥーレの輪郭がトヨタの運転席側のドアから車内へ体を傾けているのが見えた。何かを引っかきまわしている。サムはそろりとトヨタのほうへ忍び寄りはじめた。半分くらい来たところで、とつぜん足を止め、首を傾けた。

最初はかすかだったが、やがてはっきり聞こえてきた。水が押し寄せてくる音だ。谷の向こうに、川の流れが渦を巻いているのが見えた。白い水が絶壁の側面を洗っている。

後ろからチーッと音がして、振り向くと、レミがテントの垂れ布から頭を突き出していた。彼女が親指を立てると、サムは手のひらを突き出すしぐさで応じた。待て、という意味だ。

サムはトヨタに忍び寄った。三メートルまで距離を詰め、頭を引っこめてさらに進み、腰をかがめてリアバンパーから運転席の側へ回りこんだ。足を止めて、角からのぞきこむ。

トゥーレはまだトヨタの車内に体を傾けていて、見えているのは脚だけだ。サムは自分との距離を目で測った。一・五メートル。片足を伸ばし、慎重に下ろして、前に体重を移していく。

トゥーレがさっと振り向いた。その手にステンレス製のリボルバーが握られていた。

「動くな、ミスター・ファーゴ」

サムは動きを止めた。

「立て」魅力的なくらい訥々《とつとつ》としていた話しぶりが、跡形もなく消えていた。わずかに訛りが残っているだけだ。

サムはまっすぐ立った。そして、「さしだされたときに、ＩＤを確かめておくべきだったな」と言った。

「それが賢明だった」

「いくらもらった?」

「おまえたちのような金持ち連中から見たら、雀の涙みたいな額だ。おれにとっては五年分の賃金だがな。もっと出すか?」

「出したらどうにかなるのか?」

「いや。寝返ったらどうなるかは、釘を刺されている」

川が横へふくらみはじめたのが、目の端から見えた。さらにその奥で、押し寄せる水の量が増大していた。時間を稼ぐ必要がある。ほんの一瞬でいいから、目の前の男がすきを見せてくれないか。

「本物のトゥーレはどこにいる?」サムがたずねた。

「おまえのすぐそばだ」

「殺したのか」

「それも仕事だ。水が引いたら、おまえたちといっしょに、岩で頭を砕かれた男が発見される」

「おまえといっしょにだ」

「なんだと?」

「点火プラグのコードを余分に持っているなら、話は別だがな」とサムが返し、上着のポケットをぽんと叩いた。

トゥーレが思わず車内へ目を向けた。それを見越していたサムは、ポケットを叩くと同時に動きだしていた。跳びかかり、あと三〇センチで手が届くというところで、トゥーレがくるりと向き直り、リボルバーの銃身を振り回した。サムの額の高いところをとらえる。クリーンヒットではなかったが、それでも頭の皮が深くえぐられた。

トゥーレが前へ足を踏み出し、膝を曲げた。蹴りが来る。サムは踏んばって、横へ逃れようとした。トゥーレの足の甲がわき腹にめりこみ、サムは背中から倒れこんだ。

「サム!」と、レミが叫んだ。

右に顔を向けると、レミが彼のほうへ飛び出してくるのが見えた。

「道具を持て!」サムがしゃがれ声で言った。「ぼくに続け!」

「あなたに続けって？　どこへ？」

トヨタのエンジンがうなりをあげて甦った。

本能の命ずるまま、サムは体を回して腹這いになり、体を押し上げて膝立ちになってから立ち上がった。よろめく足で二メートル左のいちばん近い石油ランプに向かった。痛みで視界がぼやけていたが、谷の向こうを高さ五、六メートルの白波が沸き立つように細長い溝を進んでくる。サムは左手でポールからランプをもぎ取って、トヨタに向き直ると、必死に脚を動かし、足を引きずりながらも全力で駆けた。

トヨタのトランスミッションがかみあって、車輪が砂利をサムの膝下に浴びせかけた。かまわず彼は動きつづけた。トヨタが前に飛び出すと同時に、サムはジャンプした。リアバンパーに左足が乗った。右手がルーフ・ラックのレールをつかむ。

トヨタは猛然と前進し、砂利の上で尻を左右に振って、サムを振りまわした。サムはレールをつかんだ手を放さず、カーゴハッチに体を引き寄せた。トゥーレはトヨタをまっすぐ立てなおし、五〇メートルにまで迫った谷の入口へ向かって加速した。サムがランプの取っ手を口でくわえ、左手で調整つまみを回す。炎が弱くなり、そのあとまた明るくなった。もういちど左手でランプをつかむ。

「チャンスは一度」と、サムはつぶやいた。

息を大きく吸って、腕を伸ばし、つかのまランプをぶら下げたあと、手榴弾の要領で放り投げた。ランプはくるくる回ってトヨタの屋根の上へ舞い上がり、ボンネットに落下して砕け散った。ケロシンが炎を上げて、フロントグラス一面に飛び散った。

効果は迅速かつ劇的だった。フロントグラス一面に広がった炎の波にトゥーレは仰天し、パニックを起こして、ハンドルをまず左に、それから右に大きく切り、二度の方向転換で左の二輪が宙に浮いた。サムの手がレールをはずれた。ふわっと宙を舞う。地面が迫ってきた。激突寸前で体を丸め、尻から地面に激突し、その勢いのままに転がった。頭の奥にぼんやりと、衝突の音が聞こえた。ガラスが砕け、金属がきしむ音だ。仰向けに体を回し、まばたきして、ぼやけた視界をはっきりさせた。

トヨタは激突し、ボンネットが狭い岩のアーチにはまりこんでいた。

足音が聞こえ、そのあとレミの声がした。彼女がかたわらで膝を折った。「サム……サム！　怪我は？」

「わからない。してないとは思うが」

「血が出てる」

サムが額に指を触れ、指についた血を見た。「頭皮の傷だ」と彼はつぶやいた。

地面から砂をひと握りつかんで、傷にかるく押し当てる。

「サム――」

「ほら。もうだいじょうぶ」

「どこも折れてない？」

「わかるかぎりでは。手を貸してくれ」

レミが彼のわきの下に体をかがめ、ふたりいっしょに立ち上がった。

サムがたずねた。「水は――？」

彼の疑問に答えるように、水がふたりの足に打ち寄せた。またたく間に足首まで水位が上がる。

「噂をすれば、か」と、サムが言った。ふたり同時に体の向きを変えた。谷の北端をすさまじい勢いで水が通り抜けてくる。

　ふたりのふくらはぎのまわりで水が渦を巻いていた。

「冷たい」と、レミが言った。

「冷たいどころじゃない」と、サムが返した。「道具は？」

「必要なものはみんなリュックのなかよ」とレミが答え、彼に見えるよう肩を回した。「あいつ、死んだの？」

「死んだか、気を失っているか。さもなければ、もう発砲してきている。車を発進させないと。洪水を振り切る手段は、あれしかない」

　ふたりはトヨタに向かった。レミが先に立ち、サムがひょこひょこ足を引きずりながら続く。リアバンパーにたどり着くと、レミは抜き足差し足で運転手側のドアへ回りこみ、なかをのぞいた。

　彼女が叫んだ。「気絶してる！」

　サムが足を引きずりながら合流し、いっしょにドアを開けてトゥーレを引きずり出した。トゥーレはずるっと水に突っこんだ。

　レミの無言の質問にサムが答えた。「こいつのことを心配している暇はない。

あと一分くらいでここは水没する」

レミはトヨタに乗りこんで助手席に移った。サムも続き、バタンとドアを閉めた。キーを回す。スターターがカチッといって哀れっぽい音をたてたが、エンジンはかかろうとしない。

「頼むぜ……」と、サムがつぶやいた。

もういちどキーを回す。エンジンはかかったものの、プツプツいってまた切れた。

「もう一回」とレミが言い、笑顔で十字に重ねた指を持ち上げた。

サムは目を閉じて、すーっと息を吸いこみ、再度キーを回した。

スターターがカチッと音をたて、エンジンが一回、二回と咳きこんだあと、ブオンと轟音をあげて甦った。

サムがギアを入れようとしたとき、車ががくんと前に傾いた。レミが座席で体を回して見やると、水がドアの下端に打ち寄せていた。

「サム……」と、警告を発する。

バックミラーを見て、サムは「見えた」と答えた。

ギアをバックに入れ、アクセルを踏む。四輪駆動のタイヤが地面をかんだ。すこしずつバックしはじめ、岩の壁をこすったクォーター・パネルがかん高い音をたてる。

車がまた前に押し戻された。

「静止摩擦《トラクション》が弱くなってきた」と、サムが言った。増水でエンジンが水に浸かってしまわないか。

もういちどアクセルを踏んだ。タイヤが地面をかむ感触はあったが、また空回りした。

サムがハンドルに手を叩きつける。「ちきしょう!」

「浮いてる」と、レミが言った。

その言葉が彼女の口を離れると同時に、溝にはまりこんでいたボンネットがさらに深く押しこまれた。車体後部が流れに押し上げられ、エンジンで重い鼻先が下に傾きはじめた。

サムとレミは一瞬沈黙して、周囲に押し寄せる水の音に耳を傾け、車がなおも下に向かっていくあいだ、ダッシュボードで体を支えていた。

「水中でどれくらい持ちこたえられる？」と、レミがたずねた。

「一瞬でぺしゃんこにならずにすんだらの話か？　冷えきってどうにもならなくなるまで、五分。それを過ぎると、モーターが利かなくなる」

ドアの継ぎ目から水が流れこんできた。

レミが言った。「だったら、そうしないようにしましょう」

「そのとおり」サムは目を閉じて考えた。「ウインチだ。どっちのバンパーにもウインチが付いている」

ダッシュボードの制御装置を探した。〝リア〟と表示されたトグルスイッチが見つかり、〝オフ〟から〝ニュートラル〟に切り替えた。それからレミに、「指示を出したら、〝オン〟に切り替えてくれ」と言った。

「車体ごと引けるだけの力がある？」

「いや」と、サムが答えた。「ヘッドランプをくれ」

レミがリュックのなかを引っかきまわし、ヘッドランプを取り出した。サムは頭に取り付けて、彼女の頬をちょんとつつき、ヘッドレストを手がかりに座席を乗り越えた。その動きを繰り返し、最後に荷物入れのところへ分け入った。ガラスハッチの締め金をはずして押し開け、座席に背中を押しつけて、ラバのようにハッチを蹴ると、ガラスが蝶番から裂けて、水中に落下していった。サムは立ち上がった。

水は下部構造を越え、ハッチのすぐ外で激しく沸き返っていた。冷たい靄《もや》がサムの周囲にたちのぼる。

「エンジンが切れた」と、レミが叫んだ。

サムは腰を折って、下に手を伸ばし、両手でバンパーのウインチのフックをつかんだ。手を交互に動かして、ケーブルのゆるみを取っていく。

ウインチ自体はびくともしない。

「こっちに登ってこい！」

レミは座席をよじ登るようにして乗り越え、後ろに手を伸ばしてリュックをつかむと、サムに手渡し、彼のさしだした手をつかんで荷物入れのところまで上がった。

「きゃあ！」

「どうした？」

サムが下を見た。ビニールシートに押しつけられた幽霊のように白い顔を、ヘッドランプの光が照らしだした。

「すまん」と、サムが言った。「言うのを忘れていた。本物のミスター・トゥーレとご対面だ」

「気の毒に」

トヨタの車体が震えて、すこし横にずれ、それから止まった。岩のアーチにはまりこんだまま完全に倒立した。

レミが死者の顔から目を引き剝がし、「またよじ登るの？」と言った。

「運がよければ」

サムがテールゲートから向こうをのぞいた。水が後輪を包みこんでいた。

「あとどれくらい？」と、レミがたずねた。

「二分かな。手伝ってくれ」

サムが体を横に回すと、レミが手伝ってリュックを背負わせた。次にサムはテールゲートに右足をかけ、左もかけて、ゆっくり立ち上がり、腕を伸ばしてバランスを取った。姿勢が安定すると、ヘッドランプでトヨタのそばの岩肌を照らした。

三度照らしたところで、必要なものが見つかった。五メートル上の、さらに一メートル右に、幅五センチくらいの裂け目が縦に走っていた。その上にひと続きの手がかりがあり、絶壁のてっぺんまで続いていた。

「よし、そいつをくれ」と、サムが言った。

レミは腕を伸ばしてウインチのフックを彼のほうへ突き出した。サムが体を下に傾けてつかむ。足がすべって、膝を勢いよく打ちつけた。バランスを取りなおして、もういちどまっすぐ立つ。こんどは左腕をルーフ・ラックにかけた。

「頑張って、カウボーイ」レミが気丈に笑顔で声援を送った。

ウインチのフックを右手にぶら下げたサムが、ケーブルをプロペラのようにぐるぐる回し、勢いがついたところで放り投げた。岩肌にフックがカチンと当たり、裂け目の上を横すべりして、そのまま水中に落下した。

フックを回収し、もういちど試みた。こんども失敗に終わった。

左足が冷たい水に包まれた。下を見ると、水はもうバンパーを越えて、テールゲートに打ち寄せていた。

「車内の水も増えてきた」と、レミが言った。

サムはもういちどフックを投げた。こんどはきれいに裂け目にすべりこみ、一瞬引っかかったが、またはずれた。

「四度目の正直でしょ?」

「それを言うなら——」

「わたしが力を貸してあげる、ファーゴ」

サムはくっくっと笑った。「わかった」

サムはしばらく時間をとって、激しく逆巻く水の音と自分の心臓の音を耳から追い払った。目を閉じて集中しなおし、目を開いて、またケーブルを回しはじめる。

放り投げた。

フックはカチンと岩に当たり、裂け目に向かってすべりだした。速すぎる、とサムは判断した。フックが裂け目の上をかすめると同時に、ケーブルにさっと横の動きを加えた。フックは攻撃を仕掛ける蛇のように一瞬逆戻りし、そのあと裂け目に飛びこんだ。

そっとケーブルを引いてみた。はずれない。もういちど引く。フックはすべったが、またガチッとかかった。手を交互に動かして張りを強めていくと、最後にフックの付け根の穴まで埋まった。

「やっほー!」と、レミが叫んだ。

サムが手を伸ばし、レミにテールゲートを乗り越えさせた。水がふたりの足にはねかかっては、車内に流れこんでいく。レミがミスター・トゥーレのほうをあごで示した。

「連れていくのは無理ね?」

「欲張るのはよそう」と、サムは答えた。「でも、チャールズ・キングと、たちの悪い子どもたちに責任を取らせる一覧表には加えてやろう」

レミがため息をついてうなずいた。

サムが芝居がかったしぐさでケーブルを示した。「まずはご婦人からどうぞ」